Bibliothèq
GALLIMARD JEUNE

Daniel Pennac

Les aventures de Kamo

Kamo, l'idée du siècle
Kamo et moi
Kamo, l'agence Babel
L'évasion de Kamo

GALLIMARD JEUNESSE

Préface : traduite de l'anglais par Julie Lopez
Conception graphique : Studio Gallimard Jeunesse
Illustration de couverture : Antonin Faure
Maquette : Dominique Guillaumin
Le papier de cet ouvrage est composé de fibres naturelles, renouvelables, recyclables et fabriquées à partir de bois provenant de forêts plantées et cultivées expressément pour la fabrication de pâte à papier.
Dépôt légal : février 2019 - Numéro d'édition : 350822
ISBN 978-2-07-064972-3
Loi n° 49-956 du 16 juillet 1949 sur les publications destinées à la jeunesse
Imprimé en Italie sur les presses de Grafica Veneta

© Éditions Gallimard Jeunesse, 1993, pour le texte de *Kamo, L'idée du siècle*
© Éditions Gallimard Jeunesse, 1992, pour le texte de *Kamo et moi*
© Éditions Gallimard Jeunesse, 1992, pour le texte de *Kamo, L'agence Babel*
© Éditions Gallimard Jeunesse, 1992, pour le texte de *L'évasion de Kamo*
© Éditions Gallimard Jeunesse 2012

Préface
par Quentin Blake

Ce qu'il y a de formidable, avec les histoires, c'est qu'il en existe une multitude de variétés différentes. Grâce à elles, nous rencontrons des personnes que nous ne connaîtrions jamais autrement, nous allons dans des endroits où nous n'irions peut-être jamais et, souvent, elles nous parlent aussi de nous. À une extrémité, nous pouvons nous retrouver sur une autre planète, à l'autre dans notre propre cuisine; et c'est de ce côté-là que se situent les histoires de Daniel Pennac au sujet de Kamo. Cependant, tout en traitant de la vie quotidienne, elles nous rappellent que le quotidien n'a souvent rien d'ordinaire.

D'habitude, dans une série de récits autour du même personnage, nous nous identifions à lui et nous partageons ses aventures. Ici, ce n'est pas vraiment le cas puisque, même si Kamo joue toujours un rôle important, c'est « moi » qui raconte l'histoire. Nous nous tenons, pour ainsi dire, aux côtés de ce narrateur, nous voyons tout de son point de vue et, d'un récit à l'autre, nous en apprenons plus sur Kamo. Kamo n'est vraiment pas un garçon comme les autres.

Par ailleurs, très fréquemment, ces récits en série suivent le même schéma. Ici, pourtant, chacun semble partir dans une direction différente. Dans l'un, il est question de langage. Kamo apprend l'anglais, et tous les titres de chapitres sont dans cette langue. Dans un autre, il se produit un événement fantastique et extraordinaire, mais je ne vous dirai pas quoi, parce qu'il faut préserver l'effet de surprise. Par comparaison, une autre histoire est extrêmement réaliste, et la vie de Kamo s'y trouve en danger. Et puis une autre, malgré la présence de « moi » et de Kamo, tourne en réalité autour de M. Margerelle, leur Instit' Bien Aimé. On voit bien que Daniel Pennac sait tout de l'école.

En fait, Daniel Pennac est la personne idéale pour écrire ce genre d'histoires. Pendant un quart de siècle, il a enseigné (l'ayant rencontré et l'ayant entendu s'adresser à des jeunes, je suis persuadé qu'il était un excellent professeur), et avant ça, il a été un élève turbulent, parce qu'il avait du mal à trouver sa place dans le système scolaire. Il décrit cette expérience dans *Chagrin d'école*, où il raconte également comment un ou deux de ses enseignants ont su l'intéresser aux livres. À vrai dire, ils ont si bien réussi qu'il a, lui aussi, fini par devenir professeur, jusqu'au jour où il a dû arrêter afin de consacrer tout son temps à l'écriture. Pas de chance pour ses élèves, tant mieux pour nous… En plus de ses livres pour enfants, il a écrit beaucoup d'ouvrages destinés aux adultes. Ce sont des livres étranges, drôles et inattendus, alors réjouissez-vous, vous pourrez les lire quand vous serez plus grands. Mais à mon avis, à ce moment-là, vous vous souviendrez encore de Kamo, car ce n'est pas quelqu'un que l'on oublie après l'avoir rencontré. Le voici.

À la mémoire
de Pierre Arènes

Kamo,
l'idée du siècle

Pour Lise et Mia Laclavetine
Et pour Aude Van Impe

Mado-Magie

Le chagrin de Mado-Magie explosa au dessert.
– Bon Dieu que je suis malheureuse !
Moune ma mère venait de lui servir une charlotte à la framboise. Mado-Magie criait :
– C'est pas possible d'être aussi malheureuse ! C'est vraiment pas possiiiiible !
Une seconde plus tôt, Mado-Magie riait, plaisantait, vivait, elle était Mado-Magie, ma marraine préférée, et, soudain, ces hoquets de douleur, son visage comme une serpillière, cette pluie de larmes dans la sauce à la framboise, c'était la première fois que je la voyais pleurer :
– Je souffre ! Je sou-ou-ou-ouffre ! Si vous saviez ce que j'en baaaaave !

Son poing s'abattit sur la table. Transformée en catapulte, sa cuiller envoya la charlotte s'écraser juste en face d'elle contre le front de Pope mon père.

– C'est incroyable, cette douleur, c'est insupportaaaable !

Pope laissa la charlotte dégouliner le long de sa moustache. Il tendit son énorme main au-dessus de la table et la posa le plus doucement possible sur le poing serré de Mado-Magie.

– Arrête, Magie... arrête... c'est peut-être pas si grave que ça, il va revenir...

– Quoi ?

Elle cessa aussitôt de pleurer.

– Qu'est-ce que tu dis ?

Elle regardait Pope comme si elle voulait y mettre le feu.

– Qu'il revienne ? Tu voudrais qu'il revienne ? Et puis quoi, encore ?

Pope jeta un coup d'œil affolé à Moune. Il se mit à bafouiller :

– Mais alors... alors... pourquoi est-ce que tu pleures comme une Madeleine ?

C'était un jeu de mots. Parce que Mado-Magie, c'était Marjorie Madeleine en vrai. Marjorie son prénom et Madeleine, l'autre nom, le grand, celui de famille. Un jeu de mots qui ne la fit pas rire, en tout cas. De ses lèvres, maintenant blanches et serrées, sortait un petit sifflement venimeux :

– Mon pauvre vieux, mais tu ne comprends rien à rien, alors ?

Pope regarda Moune pour la seconde fois, un peu comme on lance une ancre dans la tempête. Et, comme toujours quand Pope la regarde avec ces yeux-là, Moune ma mère expliqua :

– Elle ne veut pas qu'il revienne ! C'est pour ça qu'elle souffre tant !

Mado s'était levée. Elle essuyait toutes ses larmes avec le dos de ses deux bras, comme un koala. Elle renifla. Elle sourit.

Elle dit :
– Excusez-moi.

Puis, à Pope, avec un petit rire :
– Ça te va pas mal, la charlotte.

Elle embrassa Moune et la main de Pope :
– Pardonnez-moi, mes chéris, allez, il faut que je me sauve. Elle ajouta :
– Dans tous les sens du terme.

Sans comprendre ce qu'elle voulait dire par là, j'ai couru jusqu'à ma chambre où elle avait laissé son sac et son manteau. Quand je l'ai retrouvée, sur le palier, elle m'a ébouriffé les cheveux.

– T'inquiète pas… c'est des bêtises… un petit chagrin de grand c'est moins grave qu'un grand chagrin de petit.

Arrivée en bas de l'escalier, elle a levé la tête et elle m'a crié :

– C'est pas ça qui va me faire oublier la date de ton anniversaire !

Une petite blague entre nous deux, parce que justement elle l'oubliait toujours, mon anniversaire ; ses cadeaux tombaient comme la pluie, n'importe quand.

Pope et Moune desservaient la table. Je les ai écoutés par la porte entrebâillée. Enfin, pas écoutés vraiment... un peu écoutés, quoi.

Moune disait :

– Incroyable, ce type ! Non seulement il la quitte sans un mot d'explication, mais il est parti en emportant la télé !

Pope a demandé :

– Qu'est-ce qu'il faisait, dans la vie ?

– Professeur, dit Moune, au collège... sixième, cinquième, je crois.

Pope a levé les bras au ciel :

– Un prof ! Et qui se barre en emportant le poste de télévision ! Ah ! l'humanité... je te jure... l'humanité !

(« Ah ! l'humanité... » C'était un soupir que poussait toujours Pope mon père quand il n'était pas content des hommes... « Ah ! l'humanité... »)

Là, je suis entré dans la salle à manger et j'ai prononcé une phrase absolument incroyable.

– On n'a qu'à lui donner la nôtre !

Pope et Moune m'ont regardé comme un seul homme.

– Qu'est-ce que tu dis, toi ?

C'est toujours comme ça qu'ils m'appellent : « toi ». Et je me reconnais toujours, parce que moi, on ne peut pas se tromper, c'est moi. J'ai répété :

– Magie… on n'a qu'à lui donner notre télévision. Ça la consolera un peu.

Moune a eu un sourire qui voulait dire : « Mon Dieu comme il est gentil, mon garçon. » Et Pope s'est contenté d'approuver en me lorgnant du coin de l'œil.

– Pas une mauvaise idée… d'autant plus que l'année prochaine tu entres en sixième… alors, plus question de télé, hein ? Plus le temps…

Notre Instit' Bien Aimé

Le lendemain, à la récré de dix heures, Kamo m'a engueulé comme du poisson pourri.
– Mais ça va pas, ma parole ! T'es dingue ou quoi ? Donner votre télé à Mado-Magie parce que son copain l'a quittée ! Et quand le prochain s'en ira en emportant le frigo, tu lui donneras le frigo ? Et la machine à laver au suivant ? Mais tu vas finir dans un désert ! Tu la connais, pourtant, Mado-Magie, non ? Ton père a accepté ?
– Il dit que de toute façon on n'a pas le temps de regarder la télé quand on rentre en sixième...

Kamo, c'est Kamo, mon copain de toujours. On s'est connu à la crèche. Le berceau d'à côté. C'est mon créchon. Une sorte de frangin. Je croyais que l'argument de Pope allait le calmer mais ça l'a multiplié par dix. Il s'est mis à beugler en gesticulant :

— Des conneries, tout ça ! rien que des conneries ! Si on les écoutait on ne pourrait plus rien faire sous prétexte qu'on rentre en sixième ! « Quel âge il a votre petit ? Dix ans et demi ? Oh ! mais ça devient sérieux, plus question de rigoler, il va bientôt rentrer en sixième ! » « Ah ! non, désolé, l'année prochaine pas de piscine, tu rentres en sixième ! » « Quoi ? Cinéma ? Rien du tout ! Tu ferais mieux de réviser ton calcul si tu veux qu'on t'accepte en sixième ! » « Kamo, je te l'ai dit cent fois, on ne met plus son doigt dans son nez quand on va rentrer en sixième ! » Tous ! Tous autant qu'ils sont, ils n'ont que ça à la bouche, ma mère, tes parents, le poissonnier : la sixième ! la sixième ! Même le clébard de la boulangère quand il me regarde, j'ai l'impression qu'il va me dire : « Eh ! oh ! toi, là, fais gaffe, hein, n'oublie pas que l'année prochaine tu entres en sixième... »

Les hurlements de Kamo avaient ameuté les copains. Nos copains de CM2, ceux qui allaient rentrer en sixième, justement. Le grand Lanthier, le plus grand de nous tous, attendit que Kamo reprît son souffle pour dire très vite :

— Il n'y a qu'une seule grande personne qui ne parle jamais de la sixième, une seule !

Kamo avait ouvert la bouche pour continuer sa tirade. Bouche ouverte, il regarda Lanthier.

– Qui ça ?

– M. Margerelle ! répondit Lanthier qui avait toujours peur de dire une bêtise tellement il était grand pour son âge.

Deux secondes plus tard, tout le monde déboulait dans la classe. M. Margerelle était en train d'imprimer les feuilles d'histoire sur sa Ronéo. Il tournait la manivelle et nos ancêtres les Gaulois sortaient de là en violet très pâle.

– Qu'est-ce que vous faites là, les enfants ? La récré n'est pas finie…

Il nous a dit ça sans se retourner, sans gronder, de sa voix à lui, toujours souriante. C'était notre maître, M. Margerelle, pas de panique, jamais, notre « Instit' Bien Aimé » comme l'appelait Kamo quand on avait une permission à lui demander.

Mais là, tout de même, M. Margerelle a dû sentir que l'heure était grave, le silence bien silencieux, parce qu'il s'est redressé, et nous a fixés un bon moment.

– Qu'est-ce qui se passe ?

Kamo a regardé ses baskets.

– On peut vous poser une question, m'sieur ?

M. Margerelle a eu un geste d'impuissance.

– Il n'est pas né celui qui pourra t'empêcher de poser une question.

– Vous ne nous parlez jamais de la sixième, pourquoi ?

– Pardon ?

– C'est vrai, dit Lanthier, vous êtes la seule grande personne qui ne nous dise rien de rien sur la sixième.

– Tout le monde nous parle de la sixième, tout le monde !

Les copains se déchaînaient :

– C'est vrai ! ma mère ! mon père ! ma tante ! le beau-père de ma sœur ! la voisine du dessous ! l'assistante sociale ! le docteur Muzaine ! le garagiste de mon grand-père ! même le facteur, hier matin ! La sixième ! Tout le monde sauf vous ! La sixième ! La sixième !

Un vrai déluge. Au point que M. Margerelle a dû ouvrir ses bras très grand, comme pour arrêter un train fou.

– Stooop !

On a stoppé.

– Allez vous asseoir.

On s'est assis.

– Bon. Qu'est-ce que vous voulez savoir, sur la sixième ?

Kamo a dit :

– Tout.

M. Margerelle s'était assis sur son bureau, en tailleur, comme quand il nous racontait une histoire. (Il nous racontait des histoires tous les samedis matin. Oui, avec lui les samedis ressemblaient à des dimanches.)

— Tout ? Vous allez être déçus.

Il a regardé Kamo. Puis nous autres.

— Parce qu'il n'y a rien à savoir, sur la sixième. La sixième, c'est comme le CM2, ni plus ni moins. Les mêmes matières, les mêmes devoirs, les mêmes horaires… un peu plus poussés, comme si on allait un peu plus loin sur le même chemin, c'est tout.

— Alors pourquoi tout le monde nous bassine avec cette foutue sixième ? a demandé Kamo qui parlait couramment argot-français, français-argot, un héritage de son père qui était mort trop tôt.

Geste vague de notre Instit' Bien Aimé :

— Vous connaissez les parents… toujours un peu inquiets pour la suite…

— C'est pas de l'inquiétude, a crié Lanthier, c'est une vraie maladie !

— Enfin, quoi, cette sixième, elle doit bien avoir quelque chose de différent pour les flanquer dans un état pareil !

Kamo avait appuyé sur l'adjectif « différent » en regardant M. Margerelle droit dans les yeux.

— Non, rien de différent. Seulement…

M. Margerelle passa sa main dans sa tignasse. Ce n'était pas des cheveux qu'il avait sur la tête, c'était la forêt d'Amazonie.

– Seulement ?
– Eh bien, la seule vraie différence, c'est qu'au lieu d'avoir un seul maître, vous en aurez six ou sept : un pour les maths, un pour le français... un professeur par matière, quoi.
– Ça veut dire qu'ils seront six ou sept fois moins savants que vous ? s'exclama le grand Lanthier.
Margerelle éclata de rire :
– Ne va surtout pas leur dire ça, malheureux !... non, ce sont des spécialistes, un peu comme en médecine : un docteur pour le cœur, un autre pour le foie, un troisième pour les reins, tu vois ?
– Et alors, demanda Kamo, où est le problème ?
(« Où est le problème », c'était l'expression favorite de Tatiana, la mère de Kamo, à qui rien ne paraissait impossible... « Et alors, où est le problème ? »)
– L'adaptation, répondit M. Margerelle.
– L'adaptation ?
– Oui, jusqu'à présent vous n'aviez qu'un maître par an, que vous connaissiez bien, bon ou mauvais, vous faisiez avec. En sixième, il faudra vous habituer à six ou sept caractères différents dans la même année. (Il ajouta :) Quelquefois très différents. (Il regarda Kamo.) Il pourrait même s'en trouver un qui supporte moins bien qu'un autre les questions de Kamo...

Là, silence. Le genre de silence où on commence à comprendre...

Et c'est dans cette peur silencieuse que j'ai dit :

– Les profs de sixième, c'est tous des voleurs de télés !

Tout le monde m'a regardé, et M. Margerelle avec des yeux grands comme ça.

– Qu'est-ce que tu dis, toi ?

Je savais très bien ce que je disais, mais j'ai répondu :

– Rien.

Kamo est revenu à la charge :

– C'est très embêtant, ça, le coup de l'adaptation, c'est très très embêtant...

– Il ne faut rien exagérer, dit M. Margerelle, c'est pas dramatique.

– Pas dramatique ? Un type qui ne répondrait pas à nos questions, vous trouvez que ce n'est pas dramatique ! Et les réponses, alors ? Qui est-ce qui nous filera les réponses quand vous ne serez plus là ?

Une telle angoisse dans la voix de Kamo que nous nous sommes sentis orphelins, tout d'un coup, tous ! (Mais, Kamo sans doute plus que nous, vu que son père était mort, un soir, à l'hôpital.) Plus de M. Margerelle, plus d'Instit' Bien Aimé, plus de réponses à nos questions... Le petit Malaussène, qui avait un an d'avance sur nous tous, se mit à pleurer... il balbutiait :

— Oh ! si, c'est grammatique ! c'est vachement grammatique !

Kamo lui ôta ses lunettes pleines de buée et, tout en les essuyant avec son mouchoir, dit, très calmement :

— Arrête de pleurer, Le Petit... il y a une solution. Je crois même que je viens de trouver l'idée du siècle.

Puis, à M. Margerelle, un peu comme on donne un ordre :

— Il faut que vous nous prépariez vraiment à la sixième, monsieur, dès demain ! Il faut nous apprendre à affronter tous ces caractères différents !

— Et on peut savoir comment ! demanda M. Margerelle qui commençait à s'amuser.

Le visage de Kamo s'illumina, comme toujours quand il trouvait « l'idée du siècle » (ce qui lui arrivait deux ou trois fois par jour).

— En jouant les rôles de tous ces nouveaux profs ! s'exclama-t-il. Fini le M. Margerelle que nous connaissons tous ! Vous arrivez demain et vous jouez le rôle d'un prof de maths complètement inconnu, ou du nouveau prof d'anglais, vous allez jouer tous ces rôles de profs inconnus, comme vous faites avec les personnages de Molière... tous !

— Même celui qui répond pas aux questions ? demanda le petit Malaussène avec un reste de peur dans la voix.

– Surtout lui ! C'est surtout à celui-là qu'il faut « s'adapter ! »

Kamo tomba à genoux et leva des bras suppliants vers M. Margerelle toujours assis sur son perchoir :

– Allez, quoi, notre « Instit' Bien Aimé », faites ça pour nous !

Toute la classe l'imita. À genoux, tous, bras levés, tous, et braillant comme des affamés :

– Faites-le pour nous, notre Instit' Bien Aimé ! faites-le pour nous !

D'abord, M. Margerelle ne répondit rien. Les mains à plat sur le bureau, il secouait lentement la tête de droite à gauche en regardant ses pieds avec un sourire qui n'en revenait pas.

Puis il dit :

– Décidément, tu es complètement cinglé, mon pauvre Kamo.

C'était dit sur un ton affectueux. Mais Kamo sentit que le vent tournait.

– C'est oui ou c'est non ?

M. Margerelle sauta de son bureau sur le sol.

– C'est non. Je ne suis pas le clown de service.

Et, avant que quelqu'un ait pu ajouter un seul mot :

– Et vous n'êtes pas des guignols. Fini la rigolade. Asseyez-vous et sortez vos classeurs d'histoire.

Petite annonce, gros ennuis

À la maison, maintenant, le sujet de conversation numéro un, c'était l'avenir de Mado-Magie.

Pope et Moune l'avaient inscrit au menu de tous les repas.

– On pourrait lui présenter Bertrand, disait Pope mon père.

– Trop popote, répondait Moune ma mère en nous remplissant nos assiettes.

– Maxime, le violoniste ?

– Si tu étais une femme tu aimerais qu'on te présente Maxime ? demandait Moune en nous versant à boire.

– Non, disait Pope.

Un soir, j'ai essayé d'aider. J'ai proposé le père du grand Lanthier. Ça n'a pas marché non plus.

– Veuf, huit enfants sur les bras et un petit penchant pour la bouteille... on devrait trouver plus simple.

– Frédéric ? hasarda Pope, tu sais, Frédéric, le toubib, l'allergologue...

– Pas son genre d'homme, répondit Moune.

– Mais, nom d'un chien, qu'est-ce que c'est, son genre d'homme ? C'est inouï, tout de même, une conseillère conjugale qui règle les problèmes des couples les plus cinglés et qui n'arrive pas à trouver son genre d'homme !

– Justement, dit Moune, des maris, elle en a trop vu, elle ne sait plus...

Là, j'ai demandé :

– Qu'est-ce que c'est, une « conseillère conjugale » ?

(J'aurais bien aimé savoir aussi ce qu'était un type trop « popote », et même ce qu'était un « allergologue », mais dans les conversations des adultes il y a tellement de questions à poser qu'il faut en choisir une au hasard... Une sur trois à peu près.)

– Une conseillère conjugale ? répéta Pope pour se donner le temps de réfléchir... eh bien... disons que c'est un ministre des Affaires Étranges.

Le visage de Moune ma mère s'allumait toujours quand Pope mon père répondait à mes questions.

Petite annonce, gros ennuis

– Quand les couples se disputent, expliqua Pope, ils ne savent jamais pourquoi. C'est toujours plus compliqué ou plus simple qu'ils ne le croient. Des affaires étranges... Alors ils font appel à Mado-Magie qui règle leurs problèmes en deux coups de cuiller à pot.

Mado-Magie, ministre des Affaires Étranges... une espèce de fée qui réconciliait tous les amoureux du monde. Le plus fort, c'est que c'était vrai ! Un jour quand j'étais petit, Pope et Moune avaient cessé de s'aimer. Mais vraiment, hein, la vraie guerre ! Je me suis vu divorcé et tout... Alors, Mado-Magie est apparue. J'entends encore ses talons claquer dans le couloir et je sens son parfum de fleur soudaine. Elle s'est plantée dans la porte de la salle à manger. Les mains sur les hanches elle a regardé Pope et Moune qui ne se parlaient plus du tout tellement ils s'en étaient dit. Au bout d'un petit moment, elle s'est écriée :

– Alors, ça y est, on fait enfin comme tout le monde, on se déteste !

Puis, elle a éclaté d'un rire incroyable... un rire tellement gai, tellement chaud, un vrai rire chalumeau, je ne pourrais pas dire autrement. « Chalumeau » doit être le mot juste, d'ailleurs, parce que pendant des mois, chaque fois qu'ils la voyaient, Pope et Moune ne cessaient de lui répéter :

– Ah ! Magie ! Magie ! Tu as ressoudé notre couple !

– C'est tout de même injuste, disait Kamo, de son côté. Une fille qui passe sa vie entière à ressouder les amours des autres... Et personne pour la dorloter comme elle faisait quand on était créchons.

C'est là que nous l'avions connue, Mado-Magie, à la crèche. La crèche de la rue Berle. Elle était encore étudiante, alors. Pour payer ses études, elle se faisait des sous en remuant des hochets sous notre nez. Incroyable, toute cette tendresse ! Une sorte de maman sans enfant mais qui aurait pu être la mère de tous les enfants du monde...

– C'est vraiment dégueulasse, disait Kamo.

C'était le soir.

Tout en discutant, adossés à la porte de l'école, nous regardions M. Margerelle disparaître au coin de la rue de la Mare. Sa moto faisait un bruit de Paris-Dakar. Assise derrière lui, une jeune fille laissait aller au vent des cheveux blonds qui flottaient comme un drapeau.

– Hier, ce n'était pas la même, fit observer Kamo, c'était une grande brune...

Il ajouta, l'air sombre :

– Lui aussi, ça doit être le genre de type à faire tomber les cœurs dans la charlotte à la framboise.

Petite annonce, gros ennuis

Depuis que notre « Instit' Bien Aimé » avait refusé de nous préparer vraiment à la sixième, Kamo ne l'appelait plus que « le Traître Margerelle ».
– Kamo !
– Oui ?
– Magie, finalement, c'est quoi son « genre d'homme » ?
– Va savoir...

Nous avions passé en revue tous les pères de la classe pour dégoter le genre d'homme de Magie, et tous les oncles, et tous les frères aînés que nous connaissions. Mais on leur trouvait à tous quelque chose de trop, ou quelque chose de pas assez...

Et puis, une nuit, le téléphone nous réveilla.
– Ce doit être Magie, grommela Pope en décrochant.

Raté, c'était Kamo.
– Qu'est-ce qui te prend de téléphoner au milieu de la nuit ? hurla Pope. Si tu crois que tu pourras t'amuser à ça quand vous serez en sixième !

Mais il me le passa tout de même, parce que ce n'est pas facile de refuser quelque chose à Kamo.
– Allô ? Salut, toi. Je viens de trouver l'idée du siècle pour Mado-Magie !

Et, sans me laisser le temps de dire un mot :
– Combien sommes-nous, sur la Terre, d'après toi ?
– Cinq ou six milliards, non ?

– Combien d'hommes, dans le tas ?
– À peu près la moitié…
– Alors, je vais te dire une bonne chose : puisque personne n'est foutu de dénicher le genre d'homme de Mado-Magie sur trois milliards de types, toi et moi on va expliquer à trois milliards de types quel genre de fille c'est, Mado-Magie, quel genre de merveille ! Tu veux ? Tu es d'accord ?

L'idée de Kamo était très simple. Nous allions rédiger un portrait de Mado-Magie, le plus court et le plus fidèle possible. Décrire en quelques mots sa gentillesse, son rire, sa jeunesse, quelle bonne créchonnière elle était, et quel chalumeau d'amours brisées, et comme elle était jolie en plus, et vive, et quelle maman ça ferait, et quelle amie pour son type d'homme, si elle le rencontrait un jour… Après quoi, on donnerait son adresse, son téléphone, et on ferait passer l'annonce sur tous les journaux de la Terre.

– Pas de problème pour la traduction, disait Kamo, ma mère s'en chargera.

Tatiana, la mère de Kamo, parlait presque toutes les langues disponibles, parce qu'elle était russe et juive d'origine, et que l'Histoire avec ses injustices, ses révolutions, ses guerres, ses problèmes de races et de religions, avait expédié sa famille dans tous les coins de la Géographie.

– À force d'émigrer d'un pays à l'autre, on finit

par connaître toutes les langues, forcément, expliquait Kamo... on se tient prêt à partir ailleurs.

Je ne sais pas combien de brouillons nous avons faits. Une centaine, peut-être. Mais la version définitive, le vrai portrait de Mado, pur comme un diamant, en quatre lignes seulement, nous est venue par miracle, un après-midi de janvier, pendant le cours de géométrie ! M. Margerelle était en train de nous expliquer qu'un triangle dont les trois côtés sont de la même longueur s'appelle un triangle « équilatéral », lorsque Kamo me glissa un petit papier. Mado-Magie tout entière en trente mots pile ! Pas un de plus, pas un de moins, et rien n'y manquait. Kamo avait écrit en italique : « Version définitive, d'accord ? » J'ai pris mon stylobille, j'ai répondu : « D'accord », j'ai soigneusement replié le message et je le lui ai rendu.

C'est alors que la catastrophe s'est produite.

M. Margerelle était au-dessus de nous. Sa main a plongé sur le papier plié qui a paru très blanc entre ses doigts avant de disparaître au fond de sa poche.

Puis il a demandé à Kamo, sans élever la voix :
– Aurais-tu la gentillesse de me dire comment s'appelle un triangle dont les trois côtés ont la même longueur ?

Kamo est devenu tout pâle.

– S'il vous plaît, monsieur, rendez-moi ce papier.

– Un triangle à trois côtés égaux ? insista M. Margerelle avec un calme d'avant l'orage.
– C'est très personnel, insista Kamo, blanc comme neige.
– Le nom de ce triangle ?
– Mon papier, monsieur…
Silence. Silence…
On pouvait entendre la fine aiguille de l'horloge, là-bas, au-dessus du tableau, grappiller les secondes une à une. Des secondes très lourdes.
Finalement, M. Margerelle a dit, avec ce calme brûlant qui lui servait de colère :
– Prends tes affaires, Kamo, et sors.
Sur le pas de la porte, Kamo s'est retourné :
– Vous pouvez le garder mon papier, monsieur, vous pouvez en faire des confettis, je le connais par cœur… et votre triangle à trois côtés égaux, je vais vous avouer une chose : il m'est complètement équilatéral !
Puis il a refermé la porte sur lui, très doucement.
Magnifique, non ?

On y va ?

Oui, mais quelle engueulade en rentrant chez lui !
– Te faire virer par M. Margerelle !
Sa mère, Tatiana, était folle de rage.
– Alors que l'année prochaine tu entres en sixième !
Kamo ne quittait pas le plancher des yeux.
– Et tout ça parce que monsieur veut envoyer le portrait de Mado-Magie à trois milliards d'individus sur la planète ! Mais qu'est-ce que tu as dans le crâne, bon sang ?
Elle tournait autour de lui comme un Indien autour d'un poteau de torture.

– Ce n'était pas une bonne idée ? murmura Kamo.

– Excellente ! hurla Tatiana, excellente ! Des millions de crétins téléphonant à Mado-Magie nuit et jour, tous les célibataires du monde accrochés à sa sonnette, douze kilomètres de candidats faisant la queue de chez elle jusqu'à la place de la Concorde, une idée formidable ! Tu veux la rendre folle, ou quoi ?

À force de regarder ses pieds quand sa mère l'engueulait, Kamo connaissait parfaitement le plancher de chez eux.

– Et toi ! toi, hein ?

C'était mon tour, à présent. Kamo me suppliait toujours de l'accompagner quand il prévoyait un cyclone maternel.

– Tu ne peux pas lui mettre un peu de plomb dans la tête, toi ! Non, il faut que tu l'admires, hein ? L'idée la plus dingue, et bravo-bravo en claquant des mains, c'est ça ?

Quand il m'arrivait de plaindre Kamo, de dire à Pope et Moune que Tatiana avait vraiment mauvais caractère, Pope levait le doigt de la sagesse et rectifiait : « Tu te trompes, elle a du caractère, il ne faut pas confondre... »

À quoi Moune ajoutait : « Et il en faut, du caractère, avec un fils comme Kamo... »

On y va?

Tatiana tournait autour de nous deux, maintenant.

– Ça va très mal ! Ça va très mal, les garçons, je vous préviens que je vais me mettre en rogne !

Un volcan en éruption, crachant du feu jusqu'aux étoiles, bombardant le paysage de rochers en fusion, et qui vous prévient qu'il va se mettre en rogne...

– Pour commencer, pas question que vous fassiez votre sixième ensemble. Alors ça, pas question !

Rien ne pouvait nous faire plus de chagrin, elle le savait.

Elle me montra la porte du doigt.

– Toi, rentre chez toi et tâche de te faire discret pendant un bon bout de temps.

À Kamo elle montra le téléphone.

– Toi, appelle M. Margerelle et excuse-toi !

Kamo aurait bien aimé protester mais le doigt de Tatiana vibrait de fureur :

– Immmmédiatement !

Le lendemain à la première heure, M. Margerelle pénétra dans la classe avec sa tête de tous les jours. C'était ce que nous préférions chez lui ; même s'il nous avait grondés la veille, il avait tous les matins sa tête de tous les jours, et c'était chaque matin une bonne et joyeuse tête, avec sa tignasse amazonienne, et ce sourire qui interdisait aux heures de paraître trop longues.

Il s'assit en tailleur sur son bureau :

– Écoutez-moi bien, vous autres...

Le temps de nous laisser ouvrir nos oreilles, il reprit :

– J'ai bien réfléchi.

Ce qui ne l'empêcha pas de réfléchir encore un petit coup avant de continuer :

– La séance d'hier avec l'ami Kamo m'a fait changer d'avis.

Changer d'avis ? À propos de quoi ?

– Il faut absolument que je vous prépare à entrer en sixième... À l'adaptation, je veux dire.

(C'était son seul tic : il disait souvent « je veux dire », au lieu de le dire tout de suite.)

– Et c'est ce que je vais faire. Je vais jouer six ou sept rôles de professeurs et vous allez vous adapter à ces six ou sept caractères différents.

– À partir de quand ? demanda le grand Lanthier vaguement inquiet.

– À partir de maintenant.

Bizarre, ce que j'ai ressenti alors. L'impression qu'il allait se passer quelque chose de grave mais qu'on ne pouvait plus reculer. La sensation que nous étions tous pris dans un piège tendu par nous-mêmes. Un peu comme un jeu qui tourne mal. Ou quelque chose comme ça...

– En fait, je suis venu vous faire mes adieux. C'est la dernière fois que vous voyez M. Margerelle. Je vais me retourner vers le tableau. Et quand je vous ferai de nouveau face, ce ne sera plus moi; ce sera quelqu'un d'autre.

– On ne vous reverra plus jamais?... demanda le petit Malaussène au bord des larmes.

C'est à lui que M. Margerelle envoya son dernier sourire :

– Vous me reverrez quand vous serez parfaitement adaptés à tous les types de professeurs imaginables.

Puis, à nous tous :

– Bien... On y va ?

Là j'ai senti que tout le monde aurait volontiers fait marche arrière, mais Kamo a dit, très clairement :

– Allons-y.

Et M. Margerelle s'est retourné vers le tableau.

Saïmone et compagnie

Il a saisi une craie jaune dans la boîte de l'éponge et a écrit un nom au tableau : *Crastaing*.

Ce n'est pas le nom qui m'a frappé, c'est l'écriture : zigzags de craie jaune, une écriture aiguë, tranchante, qui n'était pas du tout celle de notre Instit' Bien Aimé... On aurait juré un brusque éclair sur le tableau noir !

Puis il s'est retourné et a claqué des mains :
– Debout !

Une voix si différente de la sienne que nous en sommes tous restés cloués à nos chaises.

– Allons, debout !

Ce n'était pas une voix, c'était plutôt un couteau ébréché crissant sur le fond d'une assiette.

Saïmone et compagnie

Nous nous sommes tous levés sans le quitter des yeux.

Il a attendu la fin du dernier raclement de chaise, puis, dans un silence de frigo, il a dit :

– Je suis votre nouveau professeur de français ; je viens d'écrire mon nom au tableau ; vous veillerez à ne pas y faire de fautes !

Il y avait une telle menace dans ses paroles que, loin de rigoler, nous sommes restés à l'intérieur de nos têtes, à épeler muettement son nom, avec toutes ses lettres, sans oublier le « G » final.

– Maintenant, regardez-moi bien.

Pour le regarder, on le regardait !

Ses yeux semblaient avoir rétréci dans ses orbites et on aurait juré qu'il avait maigri du nez.

– Je suis petit, je suis vieux, je suis chauve, je suis fatigué, je suis malheureux, ça m'a rendu méchant et je suis extrêmement susceptible !

Un regard si fixe, une voix si rouillée, un nez si coupant, une telle sensation de fatigue... oui... comme si M. Margerelle était devenu, sous nos yeux, la momie de M. Margerelle.

– Au début de chaque cours, vous vous tiendrez debout derrière vos chaises. (Silence.) Vous ne vous assiérez que lorsque je vous le dirai. (Silence.) Et, quand la cloche sonnera, vous attendrez que je vous donne l'ordre de sortir. (Silence.) C'est la moindre des politesses.

Son regard fiévreux sautait comme une puce sur chacun d'entre nous.

– Vous m'avez compris ?

Le reste de son visage restait parfaitement immobile, joues creusées, lèvres blanches.

– Asseyez-vous.

Il s'assit après nous, d'un seul coup, comme un bâton qui se casse.

– Prenez une feuille et écrivez : *dictée*.

Il sortit de son cartable une règle de bois noir qu'il déposa à sa droite, sans le moindre bruit, puis une vieille montre qu'il posa à sa gauche, sans le moindre bruit, et un livre qu'il ouvrit exactement en face de lui et dont il lissa soigneusement les pages, sans le moindre bruit.

– Quatre points par faute de grammaire, deux par faute de vocabulaire, un demi-point pour les accents et la ponctuation. Tracez une marge de trois carreaux. Je vous rappelle que l'usage du stylo rouge est strictement réservé à vos professeurs.

Kamo passa toute la récré à rassurer le petit Malaussène.

– Arrête d'avoir la trouille, Le Petit ! C'est un jeu, rien qu'un jeu ! Mais quel mec, hein, le Margerelle ! Quand il a annoncé qu'il était chauve, je vous jure que *je l'ai vu chauve*, plus un poil sur le caillou ! Absolument génial !

Saïmone et compagnie

— Peut-être, intervint le grand Lanthier, mais j'ai pas envie de me taper ce genre de génie toute l'année.

— On ne l'aura que cinq heures par semaine ! s'exclama Kamo, c'est ça qu'il y a de formidable, avec la sixième ! On ne se farcira la momie de français que cinq heures par semaine ! Le reste du temps on aura les autres ! Tu n'es pas curieux de découvrir le suivant de ces messieurs, Lanthier ?

« Le suivant de ces messieurs » traversa la classe en trois enjambées :

— Hellow !

C'était un type tout en bras et jambes avec un grand sourire vissé au milieu de la figure. Debout derrière nos chaises, nous le regardions, raides comme des stalagmites.

— Maï nêïme iz Saïmone ! s'exclama-t-il.

Sourire et regard écarquillés, il nous regardait tout ravi, exactement comme s'il nous voyait pour la première fois. C'était Margerelle, bien sûr... et pourtant, ce qui se tenait là, debout devant nous, avec ce sourire immobile et ces grands bras désarticulés, n'avait absolument rien à voir avec M. Margerelle. Ni avec M. Crastaing.

— Qu'est-ce qu'il dit ? chuchota Lanthier.

— Saïmone ! répéta le nouveau Margerelle en se frappant gaiement la poitrine de l'index.

Sur quoi, il écrivit une phrase au tableau (grande

écriture désordonnée) : « My name is Simon »...
Et, se désignant de nouveau du bout de son index, il aboya joyeusement :

— Saïmone ! Caul mi Saïmone ! (Que j'orthographie ici à peu près comme je l'entendais.)

— Quoi ?

— Je crois que c'est de l'anglais, murmura le petit Malaussène. Il dit qu'il s'appelle Simon, et qu'il faut l'appeler comme ça.

— Évidemment, s'il s'appelle Simon on va pas l'appeler Arthur !

La remarque de Lanthier mit le feu au rire de Kamo qui se propagea illico à toute la classe. Un incendie de rigolade, tout le monde plié en deux, sauf Lanthier qui bredouillait :

— Qu'est-ce que j'ai dit ? Qu'est-ce que j'ai dit ?

— Okèyï ! fit M. Simon, avec son grand sourire, en levant ses bras immenses.

— Okèyï !

Puis, sa voix se mit à enfler comme une sirène, et, parole d'honneur, je n'ai jamais entendu quelqu'un gueuler si fort en conservant exactement le même sourire sur les lèvres.

— Okèyï, Okèyï ! Okèyï ! Okèyï !

Stupeur donc, et silence, bien sûr.

Et lui, tout doucement, avec le même sourire :

— Ouell (il écrivit « well » au tableau) : Ouell, ouell, ouell...

Puis :
— Site daoune, plize.
Comme on le regardait s'asseoir, il répéta, en nous désignant nos chaises, toujours souriant :
— Plize, site daoune !
— Il a l'air de vouloir qu'on fasse comme lui, fit Kamo en s'asseyant.
À peine la classe eut-elle imité Kamo que Misteur Saïmone se releva d'un bond, comme une marionnette hilare :
— Stêndœupp !...
(Quelque chose comme ça...)
— Il veut qu'on se relève, dit le petit Malaussène.
— Faudrait savoir... ronchonna le grand Lanthier.
Tout le monde debout, donc.
— Tœutch your naoze !
— Qu'est-ce qu'il dit ? demanda Kamo.
— Your naoze ! Tœutch your naoze !
Du bout de son doigt, M. Simon désignait le bout de son nez.
— Il veut qu'on se mette les doigts dans le nez ? demanda le grand Lanthier.
Nouveau fou rire de Kamo. Nouveau fou rire de la classe.
— Qu'est-ce que j'ai dit ? demanda Lanthier.
— Okèyï, Okèyï ! Okèyï ! Okèyï !
Silence.
— Your naoze, plize...

– Il serait prudent de lui obéir, dit Kamo en se touchant le bout du nez.

– Ouell, ouell, ouell, ronronna M. Simon, visiblement satisfait.

– Site daoune, naoh.

Puis, jaillissant de nouveau :

– Stêndœupp !

Nous commencions à comprendre son système. Il était en train de nous apprendre l'anglais. Il suffisait de mimer ce qu'il faisait, de retenir ce qu'il disait et de lire au tableau ce qu'il y écrivait : « naoh », par exemple, devenait « now », « plize » donnait « please », « stêndœupp » faisait « stand up »... et ainsi de suite. C'était pas mal, comme truc. Surtout avec ce grand sourire qui ne quittait jamais son visage. Logiquement, ça aurait dû marcher. Seulement, il n'était pas tout à fait au point, Misteur Saïmone, il laissait la machine s'emballer... Au début, nous mimions tout, bien sagement, puis, le rythme s'accélérant peu à peu, l'excitation nous gagnait, Misteur Saïmone, sans le faire exprès, donnait les ordres de plus en plus vite, de plus en plus fort : « Assis ! debout ! marchez ! courez ! lisez ! sautez ! dormez ! écrivez ! montrez votre nez ! vos pieds ! assis ! debout ! dormez ! riez ! rêvez ! criez ! » jusqu'à ce que nous soyons excités comme des puces. Oui, voilà ce que nous devenions : une armée de puces

Saïmone et compagnie

en folie-folle, absolument incontrôlables, renversant les chaises et grimpant sur les tables, tournant à toute allure autour de la classe en poussant des hurlements soi-disant britanniques qui devaient s'entendre dans tout le vingtième arrondissement, jusqu'à ce que lui-même, Misteur Saïmone, toujours souriant («C'est pas possible, il a dû naître avec ce sourire!» affirmait Kamo), couvrît tout ce tumulte de son propre hurlement:

– Okèyï, Okèyï! Okèyï! Okèyï!

Alors, tout le monde s'immobilisait dans une classe transformée en terrain vague... et... «Ouell, ouell, ouell»... puis, de nouveau: «Site daoune... stêndœupp»... et c'était reparti pour un tour.

Je me rappellerai toute ma vie la fin de ce premier cours. Misteur Saïmone avait complètement perdu le contrôle de la situation. Je crois même qu'à force de courir, sauter, tomber sur nos chaises et bondir sur nos pieds, à force de hurler et de rigoler comme des malades, nous avions tout simplement oublié son existence. À vrai dire, nous n'entendions même plus ses ordres. Son «okèyï-okèyï-okèyï!» ne couvrait plus le vacarme. Le sol tremblait sous nos pieds et l'école tout entière se serait probablement effondrée si la porte de notre classe n'avait brusquement claqué en plein cœur du tumulte.

– Qu'est-ce que c'est que ce cirque?

Nous mîmes un certain temps à comprendre le changement de situation.

– Vous allez vous calmer, oui ?

Et, tout à coup, nous comprîmes que ce n'était plus Misteur Saïmone qui se trouvait là devant nous. Cette voix autoritaire et basse à la fois... cette immobilité... pas de doute... c'était un autre... encore un autre Margerelle... qui nous regardait, les bras croisés et le dos appuyé à la porte de la classe.

– Vous êtes tombés sur la tête ou quoi ?

Un troisième Margerelle, aussi paisible que Saïmone était agité, avec une voix aussi chaude qu'était glaciale celle de Crastaing.

Une fois le calme revenu, Kamo ne put s'empêcher de s'exclamer :

– Alors là, chapeau, monsieur ! Bravo ! Vraiment, bravo !

Le nouveau Margerelle tourna la tête vers Kamo et demanda, en haussant les sourcils :

– Comment t'appelles-tu, toi ?

Kamo hésita avant de répondre mais comprit à temps que l'autre ne blaguait pas :

– Kamo... je m'appelle Kamo...

Et, parce que, même intimidé, Kamo restait Kamo, il ajouta :

– Et vous ?

Une ombre de sourire passa sur le visage du nouveau Margerelle.

— Arènes, je suis M. Arènes, votre professeur de mathématiques.

Puis, en se dirigeant tranquillement vers le bureau :

— Allez, rangez-moi ce foutoir, qu'on puisse passer aux choses sérieuses.

Il marchait pesamment. Le lent balancement de ses épaules donnait l'impression qu'il était plus petit que les autres Margerelle, plus lourd, aussi. À la façon dont il attendit sans impatience, appuyé au tableau, que nous ayons remis la classe à l'endroit, j'ai compris que ce serait lui mon professeur préféré.

Dingue comme une bille de mercure

C'est injuste, la vie. C'est injuste parce que ça change tout le temps. On pense à quelqu'un, et puis on pense à quelqu'un d'autre. Pendant des semaines, ni Kamo ni moi ne pensâmes plus une seconde à Mado-Magie. Les Margerelle avaient pris toute la place.

– Ce type, on dirait une bille de mercure, disait Kamo.

– On dirait quoi ?

– Tu n'as jamais cassé un thermomètre ! Le mercure s'échappe en petites billes. Si tu appuies sur une de ces billes, elle se divise en dizaines d'autres. Et chaque autre bille en autant d'autres encore. Il est comme ça, Margerelle. Il pourrait se diviser en millions de Margerelle. Il pourrait imiter tous les profs de la Terre. Incroyable, non ?

Si.

Après M. Arènes, le prof de maths, avec son bon gros calme sympathique, on a eu droit à M. Virnerolle, le prof d'histoire (un bavard intarissable qui passait des heures à nous raconter des histoires de famille, de vacances, de chien-chien et de bagnoles sans aucun rapport avec l'histoire, ce qui ne l'empêchait pas de nous donner des interro écrites exactement comme s'il nous avait fait cours), il y avait aussi M. Pyfard, le prof de biologie, qui ouvrait les grenouilles au scalpel mais ne pouvait s'empêcher de pleurer devant la grenouille ouverte, et M. Larquet, le prof de gym (un ex-champion universitaire de basket qui soulevait le petit Malaussène à bout de bras pour marquer les paniers, et j'entends encore le rire du petit Malaussène quand il s'envolait, le ballon dans les mains et les lunettes sur le nez…).

Chacun de ces profs avait un caractère qui le distinguait de tous les autres… et c'était chaque fois Margerelle, pourtant, un Margerelle sans aucun rapport avec notre Margerelle à nous.

– Quel type, hein ! Quel type et quelle aventure ! Non ? Non ?

Oui, oui, situation très excitante, oui, tous les profs du monde servis sur un plateau avec leur mode d'emploi et leurs pièces de rechange… (Margerelle était allé jusqu'à imiter les remplaçants de nos profs quand ils tombaient malades, et même un jour, on a vu entrer dans notre classe un remplaçant de remplaçant !) oui… formidable, vraiment.

Kamo était plutôt fier de lui.

– Ça c'est ce que j'appelle une préparation à la sixième !

Seulement voilà, les semaines chassant les mois, une question commençait à se poser tout de même, une question de rien du tout, d'abord, mais qui petit à petit prit de l'ampleur, et qui se mit bientôt à nourrir toutes nos conversations : qu'était devenu le vrai Margerelle, notre Instit' Bien Aimé ?

Tous les soirs nous attendions Margerelle à la sortie de l'école, mais ce n'était jamais Margerelle qui sortait. Si la journée s'achevait sur un cours d'anglais, on voyait apparaître la grande silhouette dégingandée de Saïmone (« Baille-baille djêntle-mèn ! ») ou la lourde carcasse d'Arènes si le dernier cours avait été un cours de maths (« À demain, les matheux !… »).

– Il joue le jeu jusqu'au bout, expliquait Kamo, il est très très fort.

Kamo avait beau s'appliquer, il était de moins en moins convaincant.

– Tu veux que je te dise ? lui dit le grand Lan-

Dingue comme une bille de mercure

thier un soir d'hiver où les nuages pesaient particulièrement lourd sur nos têtes, ton idée du siècle, Kamo, c'était une vraie connerie... Plus de Margerelle, voilà ce qu'on y a gagné : il a réellement disparu ! Remplacé par une bande de dingues.

– Arrête, Lanthier, arrête... tu vas foutre la trouille au petit Malaussène.

Plus de jeunes filles aux cheveux bruns ou blonds pour attendre M. Margerelle à la sortie de l'école, plus de moto non plus... plus rien qui pût nous rappeler notre Instit' Bien Aimé.

– C'est comme si tu l'avais fait disparaître en lui-même...

– Comme si je l'avais fait disparaître ? Vous n'étiez pas d'accord, peut-être, pour qu'il nous prépare sérieusement à la sixième ?

– C'était ton idée, Kamo, pas la nôtre.

– Ton « idée du siècle ».

– Une idée géniale, tu peux être fier de toi !

– Lanthier a raison, on ne plaisante pas avec ces trucs-là...

– Ah ! évidemment, Kamo... Kamo... Kamo ne se goure jamais hein ?

– Non, il fout la pagaille partout ; mais ce n'est jamais de sa faute !

– Jamais !

– Voilà le résultat...

Un responsable, c'est la chose au monde la plus difficile à trouver quand il faut prendre une décision, mais la plus facile à inventer quand les choses tournent mal. Avec Kamo, la classe tenait son responsable. Elle ne le lâchait plus.

– Et toi, qu'est-ce que tu en penses, toi ?

Moi, je n'en pensais rien.

J'aurais bien aimé revoir M. Margerelle. Deux mois d'hiver venaient de s'écouler avec une lenteur de glacier et je trouvais que la plaisanterie avait assez duré. Seulement, j'étais comme tout le monde, je n'étais plus du tout sûr qu'il s'agît d'une plaisanterie. D'ailleurs, Margerelle ne plaisantait même plus avec les autres instit', ses collègues, dans la salle des profs, et quand M. Berthelot, le directeur, croisait un des Margerelle dans le couloir, il s'engouffrait dans une classe, au hasard, comme pour l'éviter.

– Enfin, quoi, me disait Kamo, quand il rentre chez lui, il doit bien redevenir lui-même, non ?

Nous nous mîmes à le suivre, en nous cachant, jusqu'à la porte de son immeuble, mais d'un bout à l'autre du chemin c'était Virnerolle qui marchait devant nous, ou Saïmone avec tous ses bras et toutes ses jambes, ou Crastaing le prof de français qui, même vu de dos, et même à cent mètres de distance, continuait à nous flanquer une trouille bleue...

– Il doit sentir qu'on le file, disait Kamo, ça ne peut pas s'expliquer autrement…

Un après-midi, alors qu'Arènes pénétrait dans l'immeuble de Margerelle, Kamo eut une fois de plus «l'idée du siècle». Il fonça dans une cabine téléphonique et composa le numéro de notre Instit' Bien Aimé.

– Là, dit Kamo en entendant la sonnerie, là il est coincé.

Rien du tout. Ce ne fut pas Margerelle qui décrocha. Kamo partagea l'écouteur avec moi. Il y eut un déclic et une voix impossible à identifier (on aurait dit une voix en conserve) répondit sur un ton mécanique, comme on récite une leçon:

– Dans l'incapacité momentanée de vous répondre, nous vous prions de bien vouloir laisser votre message après le bip sonore. Merci.

– Un répondeur, dit Kamo en raccrochant, il a tout prévu.

Puis le sourcil très inquiet:

– Tu as entendu? Il dit nous vous prions… nous… tout de même bizarre, non?

Atrocement inquiétant

Atrocement inquiétant, même ! Quand un type qui vit seul se met à parler à la première personne du pluriel à son répondeur automatique, on peut commencer à se faire du souci pour sa santé.

– Les copains ont raison, admit enfin Kamo, mon idée du siècle a dû faire sauter les fusibles de Margerelle ! Il s'est décomposé sous nos yeux. Il n'est plus lui-même dans aucun de nos profs !

Ce que nous confirma un incident assez pénible dont nous devions tous nous souvenir longtemps. C'était un mardi matin, en français ; Kamo avait oublié sa rédaction chez lui.

– Quatre heures ! grinça la voix rouillée de Crastaing, qu'on avait surnommé Papier de Verre.

– Quatre heures de quoi ? demanda Kamo sincèrement surpris. (M. Margerelle poussait parfois des coups de gueule, mais il ne nous punissait jamais.)

Papier de Verre leva ses petits yeux fiévreux qu'il posa sur Kamo.

– Quatre heures de retenue, mon garçon, ou de « colle », pour parler votre déplorable langage. Samedi après-midi. Quatre heures.

– Mais je l'ai faite, ma rédaction, monsieur ! C'est injuste !

Exactement comme s'il ne l'avait pas entendu, et sans le quitter des yeux, Crastaing confirma :

– Quatre heures de retenue...

À quoi il ajouta, chaque mot tombant comme une goutte d'acide :

– Et une petite conversation avec madame votre mère.

On pouvait tout faire à Kamo, il était de taille à se défendre contre tout. Mais convoquer Tatiana sa mère à l'école, ça, non. Moins Tatiana était mêlée aux affaires scolaires de son fils et mieux Kamo se portait. Un instant je crus qu'il allait se révolter, exploser, sauter sur le bureau et arracher les oreilles de Crastaing avec ses dents, mais non, à mon grand étonnement, il choisit de se taire. Un silence blanc, jusqu'à la fin du cours.

À l'heure suivante, pendant le cours de maths,

Kamo brilla, comme d'habitude. Il était de loin le plus fort de la classe. Quand nous avions besoin de nous reposer, Arènes et lui s'amusaient à se lancer des défis de calcul mental vachement compliqués, duels amicaux dont nous étions les arbitres avec nos calculettes. Ce fut le cas, ce matin-là :

— Et si je vous demandais combien font 723 multipliés par 326, monsieur, qu'est-ce que vous répondriez ?

M. Arènes regarda le plafond une seconde :

— Je répondrais... je répondrais... attends voir... ma foi, je répondrais que ça fait très zeg-zac-te-ment... 235 698.

— Et vous auriez juste ! s'écria le grand Lanthier en montrant à tout le monde l'écran pâle de sa calculette.

Hourras, applaudissement, puis, silence, car nous savions qu'il y avait une suite. (Ces moments-là étaient nos vrais moments de bonheur.)

— Et si tu divisais ces 235 698 par 24, cher petit Einstein, demanda la voix grave de M. Arènes, on peut savoir ce que tu trouverais ?

— On peut... on peut... fit lentement Kamo pour se donner le temps de réfléchir... et je crois bien... ma foi oui, je crois bien que cela donnerait très zeg-zac-te-ment 9 820,75.

— Juste ! Juste ! et avec une virgule, en plus !

Nouveaux applaudissements, hourras ! Mais le

bonheur tourna au vinaigre ce matin-là. Encouragé par la gentillesse de M. Arènes (malgré sa voix grave et sa démarche lourde, c'était celui de nos profs qui nous faisait le plus penser à Margerelle, et nous l'avions surnommé « Bien Aimé Bis »), Kamo, tout à coup, demanda :

— Dites, monsieur, tout à l'heure, pour cette histoire de colle, et de petite conversation avec ma mère vous déconniez hein ?... pardon, je veux dire, vous plaisantiez ?

— Une colle ? demanda Arènes sincèrement surpris, quelle colle ?

Je fis signe à Kamo de s'arrêter ; trop tard, il était lancé :

— Oui, tout à l'heure, quand vous m'avez collé, enfin quand M. Crastaing m'a collé, vous n'étiez pas sérieux ?

— Je ne comprends pas...

Nous commencions à comprendre, nous, et nos cheveux se dressaient sur nos têtes. Kamo, lui, poursuivait son idée :

— Pour la rédac que j'ai oubliée chez moi, les quatre heures, c'était de la blague, non ? Vous me les enlevez ?

— Comment ?

Et nous assistâmes à la métamorphose de M. Arènes. De grave, sa voix devint basse, grondante, une voix lourde de menaces, une voix qui charriait tout le magma en fusion du centre de la Terre, et lui qui ne se mettait jamais en colère fut secoué par une fureur profonde, une sorte de tremblement souterrain, son front virant au rouge sombre, ses yeux sortant littéralement de sa tête, ses doigts crispés sur les arêtes du bureau pour dissimuler le tremblement de ses mains :

— Comment ? Qu'est-ce que j'entends ? M. Crastaing te donne quatre heures de colle et tu viens me demander à moi de les faire sauter ? Ton professeur de français te punit et tu demandes à ton professeur de mathématiques de supprimer la punition ? C'est bien ce que j'ai compris ? Alors, tu t'imagines qu'on peut s'amuser à monter les professeurs les uns contre les autres ? C'est ça ? Eh bien ! pour te prouver à quel point tu te trompes, mon pauvre ami, je commence par doubler la punition de M. Crastaing. Huit heures ! Quant à la conversation avec ta mère, je crois qu'elle s'impose, en effet ! Dès qu'elle aura vu mon collègue de français j'aurai moi aussi quelques mots à lui dire !

— Tais-toi ! hurla Tatiana, je t'en supplie, Kamo, tais-toi ! Ce n'est pas à toi de juger les méthodes de tes professeurs ! Pour qui te prends-tu, à la fin ? Môssieur n'était pas content de Margerelle qui l'empêchait d'écrire ses lettres en classe ! Môssieur a voulu que Margerelle le prépare convenablement

Atrocement inquiétant

à l'entrée en sixième ! Et maintenant Môssieur n'est pas content de son prof de français qui a le culot de demander qu'on lui rende ses devoirs à l'heure ! Môssieur n'est pas content non plus de son prof de maths qui refuse de tomber dans les traquenards de Môssieur ! Eh bien, Môssieur veut que je lui dise ? Môssieur va se retrouver pensionnaire de la sixième à la terminale, ce qui évitera peut-être à la mère de Môssieur d'aller quinze fois par trimestre à l'école pour se faire engueuler à la place de Môssieur !

De mon côté, je faisais mon possible pour me renseigner. Je posais les questions importantes aux parents, mais sans en avoir l'air, pour ne pas les inquiéter.

– Pope, un type qui change de personnalité, ça existe ?

– Dix fois par jour et par personne, c'est une affaire de circonstances, répondit Pope mon père.

Pope et Moune étaient déjà couchés et moi encore debout, en pyjama, accoudé au chambranle de leur porte. Moune referma son livre pour écouter la conversation.

– Non, mais sans rire, un type qui change vraiment, qui se prend pour un autre, ça existe ?

– Pour Napoléon, par exemple ?

– Par exemple.

– Eh bien ! c'est arrivé à Napoléon. Il s'est pris

pour Napoléon et ça a donné une catastrophe épouvantable. Des millions de morts partout, un carnage universel.
– Non, Pope, allez, sans rire…
– Je ne ris jamais quand je parle politique.

L'idée du siècle

Nous étions seuls, quoi, abandonnés à une bande de profs-fantômes par des parents rigolards ou délirants d'admiration : « Quelle pédagogie inventive ! » « Quel dévouement ! » « Ah ! si tous les instituteurs pouvaient lui ressembler ! » « Formidable ! Ce type me donnerait presque envie d'entrer dans l'enseignement ! »

Nous avions tout essayé pour ressusciter Margerelle. Nous lui avions écrit des lettres individuelles et collectives, nous avions laissé des kilomètres de messages suppliants sur son répondeur... rien... pas la moindre réponse... jamais...

Cela faisait des semaines que nous ne jouions plus pendant les récréations. Nous nous rassemblions sous le préau pour chercher la façon de nous en sortir. Finalement, tous les moyens ayant échoué, ce fut le silence. Épouvantables, ces récréations… on aurait dit des veillées funèbres à la mémoire de Margerelle.

Et puis, un après-midi, à la récré de trois heures, au plus profond du silence général, le petit Malaussène, derrière ses lunettes roses, a dit :

– Vous savez… j'ai un frère.

– Excellente nouvelle, marmonna le grand Lanthier occupé à décrotter ses chaussures.

– Il s'appelle Jérémy…

– Voilà qui va changer ma vie…

– Il est en troisième.

– Sans blague ?

– Et mon frère Jérémy qui est en troisième, il a trouvé le moyen de faire revenir M. Margerelle.

– Ah ! ouais ?

Le grand Lanthier continuait à tisonner les plaques de boue de ses semelles.

– Il dit qu'on n'a qu'à organiser un conseil de classe.

– Un quoi ? demanda Kamo en dressant l'oreille.

– Un conseil de classe. Mon frère Jérémy, qui est en troisième, dit que tous les profs à partir de la sixième ont la manie des réunions, qu'ils se rassemblent pour un oui ou pour un non, qu'une fois par trimestre ils se réunissent tout spécialement pour nous casser du sucre sur le dos, que c'est sacré, comme chez les Indiens, et que ça s'appelle un conseil de classe. Il dit que si nous arrivions à provoquer un conseil de classe, tous les Margerelle se retrouveraient au même moment dans la même pièce, et qu'alors on aurait une petite chance de retrouver notre Instit' Bien Aimé !

– Nom de nom ! hurla Kamo en bondissant sur ses pieds, nom de nom de nom de nom d'un foutu chien pourri de puces pouilleuses ! L'idée du siècle ! Et dire qu'il a fallu qu'elle soit trouvée par un mec que je connais même pas ! Comment tu dis qu'il s'appelle, ton frère, Le Petit ?

– Jérémy, répondit Le Petit, Jérémy Malaussène.

– Eh bien c'est un génie, ton frangin, un jour on entendra parler de lui, c'est moi qui te le dis !

Kamo n'eut aucun mal à convaincre notre directeur, M. Berthelot, de rassembler le conseil de classe.

– En effet, en effet, ce serait une assez bonne façon de vous préparer à la sixième...

La date en fut fixée au vendredi suivant à quatre heures et demie après les cours (« seize heures trente précises », dit M. Berthelot). Kamo et moi en tant que délégués de la classe étions admis à assister à la première partie du conseil mais devions nous retirer pour les délibérations. « C'est le règlement », précisa M. Berthelot.

Le vendredi en question, Kamo sentait l'eau de Cologne et Moune m'avait rénové.

Quand nous entrâmes dans la classe du conseil, M. Berthelot et les Margerelle nous attendaient, chacun assis derrière sa table.

– Bien, dit M. Berthelot, nous pouvons peut-être commencer ?

Mais la voix aigre de Crastaing éleva une objection :

– Vous voyez bien que mon collègue d'anglais n'est pas encore arrivé !

Dans le silence qui a suivi, je me suis dit que c'était foutu, que nous ne retrouverions jamais Margerelle. Il était vraiment trop avarié.

Puis les bras de Crastaing se sont soulevés, et sont retombés, comme les ailes d'un oiseau qui se pose, et nous avons tous compris que Misteur Saï-mone venait de s'asseoir.

– Mes enfants, commença M. Berthelot, comme si tout était parfaitement normal, mes enfants, le conseil de classe se trouve donc réuni au grand complet. Comme vous le savez, vous y représentez vos camarades et vous êtes habilités à parler au nom de la classe. Si vous avez des cas particuliers à nous signaler, des améliorations à proposer, des suggestions à nous faire pour le déroulement du troisième trimestre c'est votre rôle et nous vous écoutons.

Kamo m'a regardé, j'ai regardé Kamo, il a avalé sa salive et il y est allé bravement. Je n'ai plus en mémoire les mots exacts qu'il a prononcés, mais l'enchaînement de son petit discours, ça, je m'en souviens très bien, parce que, tout en l'écoutant, je ne pouvais m'empêcher de penser : « Sacré Kamo ! » Ou bien encore : « Décidément, Kamo, c'est Kamo ! » Ce qui m'a frappé, c'est qu'il a commencé par remercier tout le monde. Merci aux professeurs, merci au directeur, merci, merci, vraiment, comme quoi ils étaient tous des types formidables et qu'aucune école au monde, jamais, n'avait si bien préparé des CM2 à la sixième, et que nous avions tous compris du plus profond de nos cervelles jusqu'au bout de nos ongles, jusqu'à la racine ce nos cheveux (je me souviens très bien de cette expression : « nous avons compris jusqu'à la racine de nos cheveux ») comment fonctionnait la sixième et comment nous devions nous y tenir.

– Par exemple, vous m'avez parfaitement fait piger – pardon « comprendre » – que vouloir dresser un professeur contre un autre professeur ne rapportait rien, sinon les pires emmerdements – pardon les pires « embêtements » !

Et voilà mon Kamo parti dans une deuxième rafale de remerciements, comme quoi, sans eux,

M. Berthelot et « tous ses chers professeurs », lui, Kamo, n'aurait pas tenu trois jours en sixième... etc. Seulement, voilà, le trimestre touchait à sa fin, et la classe, toute la classe, tous les élèves de la classe...

Ici, Kamo s'interrompit, chercha ses mots, et je vis des larmes monter à ses yeux, trembler au bord de ses paupières, des larmes qu'il écrasa à temps d'un revers de manche :

– Enfin, je veux dire, quoi, M. Margerelle nous manque atrocement, et nous aimerions bien le retrouver pour le troisième trimestre. C'est ce que la classe nous a chargés de vous demander.

Et il termina son discours comme dans un vrai conseil d'Indiens :

– Voilà, dit-il, j'ai parlé.

– Et nous vous avons entendu, mon garçon, dit M. Berthelot. Maintenant, vous pouvez vous retirer, le conseil va délibérer. Vous connaîtrez notre décision demain, à la première heure de cours.

C'est la seule nuit de ma vie que j'ai entièrement passée au téléphone. Pope et Moune dormaient. De l'autre côté, Tatiana dormait. Il n'y avait plus que Kamo et moi, reliés par ce fil, sur la planète endormie. « Ça va marcher, disait Kamo, ne te fais pas de bile, ça ne peut pas foirer. » Et, dès qu'il commençait à flancher, c'était à moi de lui remonter le moral : « T'affole pas, Kamo, ça ne peut pas foirer, tu as été formidable, ça va marcher. » Puis c'était de nouveau son tour... C'est comme ça, le doute, ça va, ça vient... Mais ça n'a jamais empêché le jour de se lever.

Kamo,
ministre des Affaires Étranges

Et le jour s'est levé. Et ça a marché. À huit heures et demie, ce matin-là, Margerelle nous attendait, dans notre classe habituelle. Bien que nous ne l'ayons pas revu depuis des mois, nous avons immédiatement reconnu sa tête de tous les jours, sa bonne et joyeuse tête, avec sa tignasse amazonienne. C'était un samedi et il nous attendait, comme tous les samedis d'avant sa métamorphose, assis en tailleur sur son bureau, signe qu'il allait nous raconter une histoire.
– Vous y êtes ?
Oh ! là là, oui nous y étions ! et comment ! Les joues dans nos poings fermés, tous nos yeux allumés, une histoire ! une histoire !

Il annonça tout de suite la couleur : c'était une histoire d'amour.

– Au poil ! Super ! Chouette ! Ouais ! Une histoire d'amour !

C'était l'histoire d'un jeune type, ou plutôt d'un type encore jeune, un peu comme lui, un jeune instit' avec une tignasse amazonienne et une moto comme la sienne... Une tête en l'air et un cœur fou, qui prenait feu pour une fille et pour une autre, et qui aurait passé sa vie à emmener toutes les filles du monde se balader sur sa moto, si un jour, en confisquant un petit papier à un de ses élèves pendant la leçon de géométrie, il n'était tombé sur la description, en quatre lignes seulement, de la femme qu'il cherchait depuis toujours sans le savoir, une merveille absolue qu'il attendait depuis sa naissance. Mais il y rêvait sans y croire. Cette fille était trop belle pour être vraie, trop gentille pour être possible, trop intelligente pour exister. Il n'y avait pas une chance sur trois milliards pour qu'il puisse la rencontrer un jour. Pourtant, les quatre lignes, sur le papier, étaient formelles : c'était elle, pas de doute possible ! Il la reconnut dès les premiers mots. Elle existait tellement qu'elle avait même une adresse et un téléphone.

– Alors ? Alors ?

Alors, il y va. Il y fonce, même. Il grille plusieurs feux rouges… jusqu'à ce qu'un flic le siffle, lui confisque sa moto, et lui retire son permis pour trois mois.

– C'est pour ça qu'il ne venait plus en moto, souffla Kamo à mon, oreille.

– Si mon histoire ne t'intéresse pas, Kamo, on peut passer à autre chose…

– Noooon, m'sieur, la suite, la suite ! Ta gueule, Kamo ! La suite, m'sieur ! La suite !

Bien. À force d'y aller, il y arrive. Et c'est elle, le papier n'a pas menti, il la reconnaît dès qu'elle ouvre la porte. C'est vraiment elle… plus elle encore que dans son rêve !

– Alors ?

Eh bien, il lui dit que c'est elle, d'entrée de jeu, sur le pas de sa porte, comme ça, sans même entrer dans son appartement, il lui dit qu'elle est son rêve à lui depuis toujours…

– C'est pour ça que plus aucune fille ne l'attendait à la porte de l'école ! s'exclama Kamo.

– Tais-toi, Kamo ! La ferme ! La suite, m'sieur, la suite !

Alors, elle lui répond que c'est bien possible, mais qu'elle n'est pas du tout sûre, elle, qu'il soit, lui, son rêve à elle, vu qu'elle ne sait pas du tout, elle, quel est son genre d'homme, ni d'ailleurs son genre de rêve. Elle a eu quelques ennuis avec les

rêves et les hommes, ces temps derniers. Et elle lui ferme la porte au nez.
– Quoi ?
– Elle lui referme la porte au nez.
– Noooon !
– Si. Elle la claque, même.
– Et alors ?

Alors, il ne s'arrache pas les cheveux, il ne se mange pas les doigts jusqu'au coude, il reste calme, pénard, cool, tranquille, et il prend la seule décision possible : puisqu'elle ne sait pas quel est son genre d'homme, il jouera pour elle tous les genres d'hommes imaginables, et, dans le tas, elle finira bien par trouver celui qui lui convient, son rêve à elle, quoi. Et s'il doit jouer trois milliards de rôles pour y arriver il jouera trois milliards de rôles !

– Je crois que je connais la suite, dit clairement Kamo.

– Eh bien ! viens à ma place et raconte-la ! dit Margerelle en sautant de son bureau. On t'écoute.

Et voilà le Kamo assis en tailleur sur le bureau de notre « Instit' Bien Aimé », et qui nous sert la suite de l'histoire.

– Jouer trois milliards de mecs, c'est plus facile à dire qu'à faire. Il manquait d'entraînement, le type qui ressemblait comme un frère à notre « Instit' Bien Aimé ». Mais une géniale idée de génie génial vient à son esprit de génie : « J'ai des élèves, qu'il se dit, d'habitude les élèves ça ne sert à rien qu'à donner des tas de cahiers et de copies à corriger... eh bien pour une fois ils vont me servir à quelque chose, mes élèves ! » C'est ça ?

— À peu près, admit M. Margerelle qui s'était assis à la place de Kamo.

— Et le voilà, le gars qui ressemble comme un frère à notre Instit' Bien Aimé, le voilà qui, sous prétexte d'entraîner ses élèves à la sixième, se met en réalité à les utiliser comme entraîneurs. Il leur mime une chiée de profs différents (entre parenthèses tous plus givrés les uns que les autres, à part Arènes, le prof de maths, et encore...), et ça marche très bien, et les mômes y croient dur comme fer, même qu'ils se mettent à pétocher pour la santé de leur Instit' Bien Aimé, à croire qu'il est devenu dingue comme une boule de mercure, c'est ça ?

— Ce que tu oublies de dire, intervint M. Margerelle, c'est que l'idée lui avait été fournie par un de ses élèves, justement... un certain Ka... Ka... Kamo, je crois... qui voulait qu'on le prépare vraiment à la sixième... Il trouvait même que c'était l'idée du siècle !

— Une chouette idée, admit Kamo, et il ajouta : si je le rencontre un jour, ce Kamo, je lui foutrai la raclée de sa vie !

— Pour une fois, je le défendrai, dit M. Margerelle, parce que le petit papier magique, le portrait de la fille du rêve, c'était lui qui l'avait écrit.

– La suite, Bon Dieu, la suite ! brailla la classe tout entière.

Mais la suite était sans mystère. Mado-Magie a fini par craquer, évidemment.

Un type capable de se multiplier (ou de se diviser) par trois milliards pour vous permettre de choisir, comment résister ? Et sur les deux milliards, c'est M. Margerelle qu'elle a choisi, bien sûr, notre Instit' Bien Aimé, l'inventeur de tous les autres.

– C'est à ce moment-là que son répondeur est passé du « je » au « nous ». Je me demande pourquoi je n'y ai pas pensé... me dit Kamo pendant que nous rentrions chez nous.

Puis il ajouta :

– C'est fou ce que les mômes peuvent se faire comme cinoche !

Je l'écoutais sans l'écouter. J'étais en train de me faire mon propre résumé de l'histoire. En fait, c'était l'histoire d'une fille qui ne savait pas quel était son genre d'homme, et d'un garçon qui croyait que toutes les filles étaient son genre. Jusqu'au moment où quatre lignes écrites par un certain Kamo les mettent l'un en face de l'autre, et c'est l'amour, le bel amour. Alors j'ai dit :

– Tu sais ce que tu es Kamo ?

Kamo m'a regardé du coin de l'œil, comme toujours quand je lui disais ce qu'il était :
– Fais gaffe à ce que tu vas sortir, toi.

J'ai laissé passer quelques mètres sous nos pieds, et j'ai dit :
– Tu es le ministre des Affaires Étranges.
– Le quoi ?

Kamo et moi

Pour Ina

Crastaing

Kamo avait imaginé un jeu. Il s'agissait de fermer les yeux et de deviner si Crastaing, notre prof de français, était arrivé ou non. Neuf fois sur dix, quand je rouvrais les yeux, le bureau était vide. Kamo empochait un Carambar. La dixième fois, Crastaing était là.

– Vous dormiez, mon garçon ?

À peine avait-il refermé la porte qu'il était déjà derrière son bureau, rapide et silencieux comme une ombre d'oiseau.

– Je saurai vous réveiller, moi !

Cette voix, dans tout ce silence ! Haut perchée, métallique, coupante, une lame qui nous fouillait le cœur.

– D'ailleurs…

Sa serviette s'ouvrait (pas le moindre cliquetis de métal, à croire que les serrures étaient de velours) et il en sortait nos copies sans un froissement de papier.

– Si je ne m'abuse…

Il prenait le temps de feuilleter le paquet, comme un jeu de cartes qui ne ferait pas de vent.

– Vous ne m'avez pas rendu votre rédaction. Je me trompe ?

Il ne se trompait jamais.

– Deux heures ! Et une petite conversation avec monsieur votre père.

C'était cela, Crastaing. Les quatre dernières années de notre enfance. Sixième, cinquième, quatrième, troisième. À raison de six heures de français par semaine. Total : 984 heures, 59 040 minutes (cinquante-neuf mille quarante, oui). Sans compter les heures de colle qu'il tenait à surveiller lui-même. C'était cela, avec un crâne chauve, un visage blanc, lisse, triangulaire, au menton plat, aux yeux petits et luisants. Et cette vivacité silencieuse. Et cette petite tache violette dans la poche où il glissait son stylo.

– Tu as tort de te plaindre, disait Kamo, des comme lui, tu n'en verras jamais d'autres. Même dans les livres.

Il ajoutait :

– Tu as remarqué ? Il ne se cogne jamais contre rien, il ne touche jamais personne. La porte de la classe, peut-être qu'il ne l'ouvre pas, peut-être qu'il passe au travers…

Puis, comme nous attendions notre métro, Kamo perdait un peu de son assurance.
– Dis donc, pour parler d'autre chose, ce matin, fuite de flotte dans la salle de bains. Ma mère demande si ton père pourrait venir réparer.
Sa mère, Tatiana, était la seule personne au monde dont Kamo avait peur. Il n'en parlait jamais autrement qu'en regardant ses baskets.

Pope mon père
et Moune maman

Les heures de colle, bon, Pope, mon père, les acceptait sans trop faire d'histoires.
– Si tu préfères passer ton samedi au collège, c'est ton affaire; et puis, je suppose que Kamo te tient compagnie, non?
Mais les «petites conversations avec monsieur votre père», c'était autre chose. Il les supportait de moins en moins. Jusqu'au jour où il ne les supporta plus du tout.
– Comment? Un tête-à-tête avec Crastaing? Encore! Je n'irai pas!
Je m'en souviens très bien. C'était un jeudi après-midi. Il avait installé son atelier au milieu du salon. Il m'inventait une sorte de lit à coulisse

qu'on pourrait étirer d'un cran chaque fois que je grandirais d'un centimètre. (Cela, surtout pour me faire plaisir, parce que j'étais le plus petit de la classe et que j'avais peur de ne pas grandir.) Il levait les yeux vers moi et son tournevis fendait l'air.

– N'insiste pas, je te dis que je n'irai pas!

Moune dessinait dans son coin habituel. Moi, je restais planté là, parmi les outils éparpillés.

– Je n'irai pas, je te dis!

En bonne mère, Moune finit par intervenir.

– Je pourrais peut-être y aller à ta place?

Triturant mon carnet comme une vieille casquette, je murmurai:

– Impossible, Moune, Crastaing a dit: «monsieur votre père».

Et ce fut l'explosion.

– Pas question! Je n'irai plus! C'est terminé! Je t'avais prévenu!

La porte claqua. Deux ou trois feuilles s'envolèrent – Moune y avait dessiné des robes légères comme des papillons (c'était son métier à elle, dessiner des robes) – et nous restâmes seuls un moment.

– Encore une rédaction que tu n'as pas finie à temps?

– Pas commencée.

– Tu es vraiment le plus grand flemmard que je connaisse...

– J'y arrive pas, Moune, j'ai pas d'idées.

Une rédac par semaine. Trente-six rédac par an. Cent quarante-quatre rédactions de la sixième à la troisième. *Faites votre portrait, Racontez vos vacances, Une soirée en famille, En quoi avez-vous changé depuis l'année dernière à la même date?, Décrivez le jardin de votre tante.* Sans blague! Il nous a vraiment posé ce sujet: *Décrivez le jardin de votre tante!* Kamo et moi avions passé le samedi suivant en retenue: j'avais un jardin mais pas de tante, et lui une tante sans jardin. Or, avec Crastaing, il était pratiquement impossible d'inventer; il brandissait votre copie au-dessus de sa tête et glapissait:

– Ce n'est pas de l'imagination, ça, mon pauvre ami, c'est du mensonge!

Une fois sur deux, il ajoutait:

– Ah! comme je plains votre pauvre mère.

Une mémoire d'éléphant, avec ça:

– Dites-moi, ces vacances que vous prétendez me décrire ne seraient-elles pas celles de l'an passé? Réfléchissez... Pâques, l'année dernière, non? Deux heures! Et une petite conversation avec monsieur votre père.

Oui, il se souvenait de tous nos devoirs. Le bruit courait qu'à force de nous lire il nous connaissait mieux que nous-mêmes.

– Mais, mon pauvre garçon, ce n'est pas vous que vous décrivez dans cette copie, c'est n'importe qui ! Et ce n'est pas une famille autour de vous, c'est n'importe quoi ! Mensonge ! Mensonge et paresse, comme toujours ! Croyez-vous que vos pauvres parents méritent cela ?

« Cela », c'était la copie qu'il secouait comme un chiffon sous le nez du coupable.

– Non, votre mère ne mérite pas cela !

Kamo me poussait du coude. Toute la classe levait les yeux sur Crastaing. Il promenait sur nous un regard désespéré. Son bras retombait. La copie glissait sous une table. Une grosse boule montait dans la gorge de notre prof pour éclater au-dessus de nous, en une sorte de sanglot. Il avait l'air d'un enfant, alors. D'un enfant terriblement vieux.

– Et vous, vos parents, vous ne les méritez pas !

Je ne sais pas si l'un de nous eut jamais envie de rire à ces moments-là ; en tout cas, personne ne s'y risqua.

C'était peut-être cette pitié que Pope ne supportait pas.

– Écoute, toi !

(Le plus souvent, Pope et Moune m'appelaient « toi ». Dans les moments de tendresse : « Bonjour, toi », c'était bien doux. Et dans les moments plus graves : « Écoute, toi ! », c'était efficace.)

– Écoute, toi !

Pope était revenu et me pointait de son tournevis. Moi, j'écoutais.

– Je veux bien me faire plaindre encore une fois par Crastaing, mais c'est la dernière !

(Il revenait de ces entrevues muet comme un fantôme et, les jours suivants, il avait une mine transparente de convalescent.)

– Alors, tu t'arranges comme tu veux, mais ta prochaine rédaction, tu l'auras finie au moins trois jours avant de la rendre, vu ?

Ça ne me laissait que quatre jours pour la faire. Pas le choix. J'essayai tout de même :

– Ça dépendra du sujet, Pope...

– Non, ça dépendra de toi ! Il faut toujours vous mettre les points sur les i à vous autres, les gosses !

Nouveau ça. Pope ne m'appelait jamais « les gosses ». Il y avait quelque chose de bizarre dans son regard : un début de colère, bien sûr, mais une sorte de prière, surtout ; plus que ça, même, une expression que je n'y avais jamais vue... On aurait dit qu'il me suppliait ! Oui, Pope, l'Inventeur et le Réparateur en tout genre, Pope, qui n'avait peur de rien, Pope, mon idole, Pope me suppliait de ne pas l'envoyer chez Crastaing !

J'ai mis plusieurs secondes pour comprendre ça, plusieurs secondes encore pour lutter contre une tristesse insupportable (comment Crastaing s'y prenait-il pour démolir un type aussi costaud?) et, finalement, comme on promet à un enfant, sur le même ton, exactement, j'ai dit :

– D'accord, Pope, trois jours, c'est promis, ma rédac sera finie trois jours avant.

Le sujet

J'en ai fait des promesses, dans ma vie… et difficiles à tenir ! Je n'en ai jamais regretté une autant que celle-là.

Le lundi suivant, en tombant des lèvres de Crastaing, le nouveau sujet a fait l'effet d'une douche froide. Sous le choc, tous les élèves se sont regardés. Puis ce furent les chuchotements, comme autant de petites fuites d'eau…

– C'est pas possible !
– On peut pas traiter ça !
– C'est trop invraisemblable !
– Et puis quoi encore ?
– J'y arriverai jamais !
– Moi non plus…

Le sujet

Mais le silence de Crastaing rétablissait toujours le silence.

À la récré de quatre heures, le sujet était encore sur toutes les lèvres.
— Crastaing est devenu dingue, les gars.
Dans le métro, Kamo, qui jusque-là n'avait rien dit, posa son bras sur le mien.
— À samedi, mon garçon : deux heures ! Vous croyez que votre pauvre mère méritait « cela » !
Il imitait déjà très bien la voix aiguisée de Crastaing. Mais cette fois-là, je n'ai pas ri.
— Impossible, j'ai promis à mon père de la faire, cette rédac.
Il a seulement hoché la tête, puis, regardant ses baskets :
— À propos de ton père, il vient le réparer ce robinet ? « On » s'impatiente, chez moi.

Rédaction pour le lundi 16.
Sujet : *Vous vous réveillez un matin, et vous constatez que vous êtes transformé en adulte. Affolé, vous vous précipitez dans la chambre de vos parents : ils sont redevenus des enfants. Racontez la suite.*
« Je dis bien : *raconter la suite !* » avait précisé Crastaing. Puis il avait lâché une de ces phrases dont il avait le secret : « Et n'oubliez pas, l'imagination, ce n'est pas le n'importe quoi ! »

Pope faisait la vaisselle du soir. Moune l'essuyait et je rangeais. On aurait dit que Pope avait enfilé le maillot jaune. J'en étais encore à ranger les assiettes à soupe qu'il avait déjà disparu.

– Un débat politique à la télé, expliqua Moune.

Compris. Pope adorait les débats. Les types dans le petit écran le mettaient en fureur ou lui flanquaient au contraire de tels fous rires qu'il en tombait de son fauteuil.

Moune me tendait un verre.

– Un vrai gosse, ton père.

Le verre m'échappa et explosa sur le carrelage de la cuisine.

Moune se retourna.

– Hé, toi, quelque chose qui ne va pas ?

Elle avait posé son éponge et s'essuyait les mains.

Au lieu de répondre, je demandai :

– Moune, comment tu étais, quand tu étais jeune ?

– Mais je suis jeune, nom d'un chien !

– Je veux dire vraiment jeune, une enfant, tu étais comment ?

– La même, je suppose, en plus petit.

Accroupis l'un en face de l'autre, une balayette et une pelle de plastique à la main, nous étions comme deux enfants jouant sur une plage. Pourtant, je n'arrivais pas à imaginer Moune enfant.

Le sujet

Vieille non plus d'ailleurs. Pour moi, Moune avait toujours été Moune, avec ses joues rondes et de jolis reflets roux dans ses cheveux bruns. Une autre idée me traversa l'esprit.

– D'après toi, Crastaing, qu'est-ce qu'il peut bien raconter à Pope pour le mettre dans des états pareils ?

Les débris du verre firent un bruit de pluie en tombant dans la poubelle.

– Je ne sais pas, il n'en parle jamais. Pourquoi me poses-tu toutes ces questions ?

Profond soupir :

– Pour rien, Moune, pour rien, je suis juste un peu préoccupé.

En traversant le salon pour aller dans ma chambre, j'ai vu que Pope hochait lentement la tête devant la télé. Il avait l'air complètement abattu. Quand Moune est venue s'asseoir sur l'accoudoir de son fauteuil, il lui a pris la main et lui a montré les deux types qui s'expliquaient dans le poste.

– Regarde-moi ça…

J'ai regardé une seconde, moi aussi. Chacun des deux types avait l'air très content de lui-même et de l'avenir de la France, à condition que ce ne soit pas l'autre qui s'en charge.

Alors Pope a sorti une phrase qui m'a achevé :

– Tu veux que je te dise, Moune ? Il n'y a pas d'adultes.

Cette nuit-là, j'ai mis un certain temps à m'endormir. Les lèvres de Crastaing remuaient silencieusement dans ma tête. Il en tombait des mots tout écrits : les mots du sujet. Et c'était mon écriture.

> Vous vous réveillez un matin, et vous constatez que vous êtes transformé en adulte. Affolé, vous vous précipitez dans la chambre de vos parents : ils sont redevenus des enfants. Racontez la suite.

Voilà. Rédaction à faire en quatre jours. Facile, avec une mère qui a toujours été la même, un père qui est un vrai gosse et qui prétend que les adultes n'existent pas ! Et moi, au milieu de tout ça, moi qui n'ai jamais eu la moindre imagination, moi qui ne peux même pas faire mon propre portrait…

– Salopard de Crastaing, je te déteste, toi et tes portraits, toi et tes récits de vacances, toi et le jardin de tes tantes, je te hais, toi et tes sujets sur la famille, toujours la famille, je te… (Je crois bien que je l'injuriais encore longtemps après m'être endormi.)

Compte à rebours

On ne devrait jamais maudire quelqu'un en s'endormant, ça porte malheur. Le lendemain, mardi, Crastaing était absent. D'abord, personne n'y a cru. Nous l'attendions, immobiles et silencieux. (Avec sa façon de surgir comme une apparition et d'épingler le premier qui bougeait, il nous faisait encore plus peur quand il n'était pas là.) La porte s'ouvrit une première fois, c'était Ménard, pour l'appel. Cinq élèves manquaient. Ménard sortit, les sourcils froncés. De nouveau, le silence et l'attente. Le grand Lanthier finit par murmurer :

– Hé, les gars ! Il est peut-être mort ?

Comme Crastaing n'était jamais malade, on ne

pouvait rien imaginer d'autre. Kamo eut un ricanement sinistre.

– S'il est mort, il est ici. Et s'il est ici, il va s'occuper de toi, Lanthier…

Tout le monde sentit le courant d'air glacé. Une voix tremblante chuchota :

– T'es pas marrant, Kamo.

– Non, dit Kamo.

La classe sursauta comme un seul homme quand la porte s'ouvrit pour la seconde fois. C'était encore Ménard.

– Votre professeur est absent. Vous êtes en permanence. Travaillez, je vous surveille.

Absent ? Permanence ? Explosion de joie. Des soldats apprenant la nouvelle de l'armistice ! Le surveillant leva la main.

– Pour votre rédaction, le tarif reste le même : deux heures à ceux qui la rendront en retard.

– Et une petite conversation avec monsieur votre père, murmura Kamo avec la voix de Crastaing.

Fin de la deuxième journée.

Pope et Moune…

Pope et sa gigantesque carcasse sonore et poilue, son sourire tout en dents, ses moustaches à la turque et son regard pétillant.

Moune toute ronde, élastique et calme, avec ses

yeux de chat et cette voix ronronnante, toujours la même, pour rire ou pour gronder.

Pope qui réparait tout…

Moune qui dessinait des robes…

– Dis donc, toi ? Pourquoi est-ce que tu nous regardes comme ça ? On dirait que tu débarques…

La question de Pope me fit sursauter. Moune dessinait, assise à sa table, lui réparait le fer à repasser et je les observais depuis une bonne heure comme deux extraterrestres.

– Je me demandais comment vous vous étiez rencontrés, tous les deux.

– On s'est rencontrés à l'école, dit Moune.

– À la maternelle de la rue Tolbiac, si tu veux tout savoir. J'avais cinq ans et Moune quatre. Elle était déjà en avance sur moi, à l'époque.

J'ai d'abord cru qu'ils se fichaient de moi.

– Pope avait déjà ses moustaches, à la maternelle ?

Moune regarda le plafond :

– Attends que je me souvienne…

Ce soir-là, Pope jeta deux bulletins scolaires sur mon lit. Ce n'était pas la maternelle, mais presque : cours moyen première année. Il y avait deux noms. Et deux photos en noir et blanc. C'était Pope, et c'était Moune, les notes de Pope nettement moins bonnes.

Le lendemain, surprise : un bon tiers des élèves était absent, dont le grand Lanthier. Son père fit une apparition remarquée. Il ouvrit la porte de la classe et se tint là, debout devant nous, grand gaillard échevelé, immobile, la bouche ouverte, avec un air de stupéfaction si intense qu'Arènes, notre prof de maths, dut sortir de sa « théorie des ensembles » pour aller lui tapoter la joue. Alors seulement le père Lanthier bafouilla, tout en continuant à nous regarder :

– Lanthier... mon fils... Jacques... malade...

– Le père est encore plus fondu que le fils, murmura Kamo.

J'ai ri. Je ne savais pas que j'allais le regretter.

À la maison, c'était Pope, maintenant, qui ne me quittait plus des yeux.

– Crastaing a donné son nouveau sujet de rédaction, c'est ça ?

– Oui, depuis lundi.

– Et qu'est-ce qu'il dit, ce sujet ?

– *Vous vous réveillez un matin, et vous constatez que vous êtes transformé en adulte. Affolé, vous vous précipitez dans la chambre de vos parents : ils sont redevenus des enfants. Racontez la suite.*

Pope ne fit aucun commentaire. Mais cette lueur, mi-prière, mi-terreur, s'était rallumée dans ses yeux.

– T'inquiète pas, Pope, je t'ai promis que je la ferai !

Oui, j'avais promis. Mais je n'avais pas l'ombre d'une idée. Pope était Pope. Moune était Moune, leurs photos d'enfants n'y changeaient rien. Des enfants inanimés, des enfants lointains, des enfants du passé, c'est tout. Dans ma chambre, ma corbeille à papiers se remplissait. Par la porte ouverte, j'entendis Moune demander à Pope :
– Mais qu'est-ce qui te fait si peur, enfin ?
– Ce n'est pas de la peur, répondit Pope, c'est autre chose... C'est pire.

Moune insista. Il refusa d'en dire davantage. Petite dispute chuchotée...

Pope, c'est une blague !

Ça devait être une épidémie, parce que le jeudi matin nous n'étions plus que dix dans la classe. Dix sur trente-trois !

En passant devant le bureau toujours ouvert de Ménard, j'entendis la question que lui posait le directeur :

– Et les parents ?

– Ils bafouillent, ils disent n'importe quoi, ils ont tous l'air plus affolés les uns que les autres.

Le directeur réfléchit en grognant.

– Bon. Conduisez les dix rescapés chez le docteur Grappe.

Pope, c'est une blague !

C'était le docteur du collège. Il habitait à deux pas. Je l'aimais bien parce qu'il ne me disait jamais que j'étais le plus petit de la classe. Il se contentait de dire que je n'étais pas le plus grand. Et puis il avait la tête d'Alec Guinness dans *Le Pont de la rivière Kwaï*, le film préféré de Pope. Et le même air placide sous sa moustache rousse. Il nous posait de curieuses questions pour un docteur. Ainsi, cette fois-là (je passais le premier), au lieu de m'ausculter, il me demanda :

– C'est une semaine de compositions ?

Je fis non de la tête.

– Quelqu'un a donné un devoir difficile ?

Je fis oui.

– Français ?

Dans le mille. Je lui récitai le sujet, je lui répétai la phrase de Crastaing : « Et n'oubliez pas, l'imagination, ce n'est pas le n'importe quoi ! » Je lui avouai que j'avais promis à mon père de faire cette rédaction en quatre jours et que je n'y arrivais pas. Quand il m'arrêta, j'étais sur le point de pleurer. Il me passa sa grosse main dans les cheveux, refusa d'ausculter les autres élèves, et fit son diagnostic à Ménard qui l'interrogeait du regard :

– Crastaingite aiguë, ces gosses sont morts de peur, voilà tout. Aucun danger pour les autres classes.

– Le toubib se goure, dit Kamo sur le chemin du retour, je n'ai pas peur de Crastaing, moi.
– Justement ! C'est pour ça que tu n'es pas malade !
– Oui, mais toi tu as une trouille terrible et tu n'es pas malade non plus.

C'était vrai, j'avais peur. Mais ce n'était pas de Crastaing. J'avais peur de ce que j'avais vu, l'espace d'un éclair, passer sur le visage de Pope. Dans ma courte vie, j'avais fait pas mal de choses à Pope : menti, signé mon carnet à sa place, fauché un petit billet par-ci par-là, mais les promesses, je les avais toujours tenues. Et celle-ci, la plus importante de toutes, il ne me restait plus qu'une nuit pour la tenir !

La dernière bouchée de mon dîner avalée, je m'enfermai dans ma chambre. Pour ne pas me déranger, Pope et Moune n'allumèrent pas la télévision. Mais, dans le silence, c'était plus difficile encore. J'entendais bouillir ma cervelle. J'essayai de toutes mes forces d'imaginer Pope et Moune à la maternelle, mais je n'avais jamais vraiment observé les enfants de cet âge. Je me levai et me regardai longuement dans la glace de mon armoire : un être minuscule, aux épaules osseuses,

Pope, c'est une blague !

à la poitrine rentrée, à la peau transparente, avec une large bouche au milieu de la figure qui hésitait entre un tas d'expressions. Comment imaginer cela adulte ? Dans quel sens allais-je pousser ? En hauteur ? En largeur ? Et la voix de Crastaing qui résonnait dans ma tête : « Ce n'est pas de l'imagination, cela, c'est du mensonge ! » Pris d'une soudaine inspiration, je sortis en trombe de ma chambre et me ruai sur le téléphone.

– Allô, Kamo ?
– C'est toi ? Qu'est-ce qui se passe ?
– Kamo, tu es mon copain ?
– Évidemment.
– Alors il faut que tu fasses cette rédac.
– Avec la mère que j'ai ! L'imaginer enfant ? Pas question !

Catégorique. Je respirai un grand coup et réussis à dire :

– Kamo, tu n'es plus mon ami.

Je ne sais pas. Il m'avait semblé qu'à deux ç'aurait été plus facile. Maintenant, j'étais vraiment seul. Seul à griffonner n'importe quoi sur des feuilles que je jetais les unes après les autres à la poubelle, seul avec un mal de crâne qui commençait à me troubler la vue, seul avec la voix de Crastaing qui me demandait si ma pauvre mère méritait « cela », et des larmes qui jaillissaient de ses petits yeux comme si sa tête avait été une poire ! Jusqu'au moment où je me suis levé, où j'ai fait quelques pas et où je suis tombé sur mon lit.

Ce n'était pas le sommeil. Ça ressemblait plutôt à un évanouissement.

Je n'ai jamais fait de plus grand effort que le matin suivant pour me lever. Ma tête était si lourde, mes os si douloureux ! Mes pieds pesaient comme s'ils pendaient dans le vide, à l'autre bout du lit, des sacs de ciment attachés à mes chevilles.

Je me suis laissé rouler par terre et me suis redressé comme si je portais le monde sur mes épaules. Je me suis dirigé en titubant vers la porte de ma chambre. Quelque chose m'a arrêté au milieu de la pièce. Je venais de passer devant l'armoire à glace. Il y avait quelqu'un dans le miroir. Je me suis approché. C'était Pope. Immense. Avec ses moustaches. Et tout nu. Il avait une tête de lendemain de réveillon. Je l'ai regardé un long moment...

Et j'ai fini par demander :

– Hé, Pope ! Qu'est-ce que tu fais dans mon miroir ? C'est une blague ?

De vrais gosses

Ce n'est pas une blague. Ce n'est pas Pope, c'est moi. C'est moi ! Moi qui remue les lèvres en même temps que moi, moi qui fais les mêmes gestes que moi. Pope n'a jamais été opéré de l'appendicite. C'est moi. Moi ! Avec les bras immenses de Pope, le torse et les jambes poilues de Pope, la moustache, les dents et les mains noueuses de Pope, moi avec un air Pope plus vrai que Pope ! Et, plus près du miroir, à le toucher, c'est encore moi. Dans mon regard, il y a cette expression de curiosité réfléchie que j'ai toujours connue à Moune. D'ailleurs, sous les sourcils touffus de Pope, les yeux, verts et fendus, sont ceux de Moune. Et, quand je soulève la longue moustache turque, c'est la bouche de Moune que je découvre, et la même fossette, qui n'a jamais l'air de tout à fait y croire. Pope avec les yeux et la bouche de Moune, pas de doute : c'est moi ! Mais alors ? Alors ?

Il faut trois pas aux jambes de Pope pour me conduire à la porte des parents, mais il me faut une bonne minute pour me décider à l'ouvrir.

Finalement, comme on se jette à l'eau, j'entre.

Soulagement. Le grand lit est vide, avec une boule de draps et de couvertures mêlés au milieu. Rien de changé : « Pope et Moune doivent être à la cuisine, comme d'habitude à la même heure. J'ai rêvé. Somnambulisme. Me recoucher pendant qu'ils préparent le petit déjeuner... Oui, me recoucher. » À peine ai-je pris cette décision qu'une petite voix me cloue sur place.

– Hé, toi !

C'est sorti d'une tête ronde et bouclée, qui vient d'émerger au sommet des couvertures et qui me fixe de ses yeux noirs étincelants.

– On ne s'habille pas, ce matin ?

D'un geste éclair, j'attrape la chemise de Pope posée sur le dossier d'une chaise et me la noue autour de la taille. Une seconde plus tard, une petite fille de cinq ou six ans, surgie de nulle part, est accrochée à mon cou.

– Bonjour, toi !

Elle gigote comme un poisson et il y a des éclats roux dans ses cheveux blonds. Sur le tas de draps et de couvertures, la petite tête sérieuse reprend la parole.

– Habille-toi, Moune, on va être en retard à l'école.

J'ai presque crié :

– Non ! Pas d'école, ce matin !

La petite tête sérieuse a un haussement de sourcils.

– Ah, bon ? Pourquoi ?

– Une épidémie. Très grave. Crastaingite...

– C'est Mlle Lambesc qui t'a prévenu ?

La petite fille a une voix flûtée, pleine de rires.

– Oui, elle m'a téléphoné.

– Mlle Lambesc ne raconte que des conneries.

Le garçon a dit ça en s'asseyant sur le bord du lit puis, en voyant mon air ahuri, il place la main devant sa bouche et fait :

– Oh, pardon...

– Il veut faire le malin, explique la petite, parler comme les grands.

Tout ce que je dis, ou fais, ce matin-là, est instinctif. Je n'ai qu'une idée : sortir d'ici. Réfléchir. Trouver une explication, une solution, quelque chose. En tout cas, ne pas rester là. Je m'habille en quatrième vitesse avec les vêtements de Pope et ordonne au garçon de préparer le chocolat.

– Mais je ne sais pas le faire !
– Tu apprendras !

Je lui lance un tel regard qu'il n'insiste pas. Au moment où je sors, la petite m'agrippe par le pan de ma veste.

– Hé, toi ! Quelque chose qui ne va pas ?

Je m'entends encore répondre :

– Rien, Moune, rien. Je suis juste un peu préoccupé, c'est tout.

Dehors, il pleut à torrents.

À en juger par la tête des quatre survivants, je dois avoir l'air d'un fou jaillissant d'un puits quand j'ouvre brusquement la porte de ma classe. Ils n'ont pas changé, ces quatre-là ! Et Kamo est toujours Kamo...

Alors, pris de court, sentant rougir les immenses oreilles de Pope, je balbutie :

– Excusez... mon fils... malade...

(Oh ! Lanthier !... Pardon, Lanthier !...)

Le seul à ne pas broncher, c'est Baynac, notre prof d'histoire. Il me dit « oui, oui » sans avoir l'air d'y croire, puis il ajoute, en montrant les quatre élèves :

– Et voici les débris de la Grande Armée...

Alors, c'était vous ?

Kamo m'a rejoint dans la rue. Il est essoufflé. Il m'a pris par le bras. Nous nous tenons debout, l'un en face de l'autre, immobiles sous une pluie battante. Il lève sur moi un visage trempé et anxieux. Je le domine de deux ou trois têtes. Il dit :
– Je veux le voir !
Je dis :
– Trop malade, impossible.
Ses traits se durcissent. C'est le Kamo farouche, il ne cédera pas. Il lâche mon bras et dit :
– J'y vais.
Je le retiens de force. La poigne de Pope le fait grimacer. Et tout à coup, j'ai une idée. L'idée !
– Hier soir, il t'a demandé de faire la rédaction

de Crastaing, non ? C'est la seule chose qui pourrait l'aider. Essaie de la faire. Essaie de toutes tes forces !

Kamo ouvre des yeux grands comme ça et demande :

– Pourquoi ?

C'est alors que j'explose :

– Fais ce que je te dis ! Il faut toujours vous mettre les points sur les i, à vous autres, les gosses !

Il n'en revient pas. Pope ne lui a jamais parlé sur ce ton.

Je m'éloigne à grands pas. J'entends de nouveau sa voix qui m'appelle :

– Hé, monsieur ! Y a un robinet qui fuit chez ma mère !

Sans me retourner, je lui réponds que je le sais, et que je n'ai pas le temps.

En rentrant, je constate – miracle ! – que Pope et Moune n'ont pas mis le feu à la maison. Avec ce qu'on dit des enfants, je m'attendais à tout.

J'ai pensé à leur acheter des vêtements en cours de route. La vendeuse a demandé la taille, j'ai dit « grands comme ça » en montrant avec mes mains. La vendeuse a ri, et déclaré que j'avais du « charme ». Pas compris...

Moune a tout de suite essayé ses robes. Elle a décrété qu'elles étaient « moches » et qu'elle allait en dessiner d'autres. Elle a dessiné n'importe quoi.

Alors, c'était vous ?

« Very chouette, j'ai dit, continue. » Pope a surgi avec un tournevis presque aussi grand que lui. Il m'a expliqué qu'il venait d'inventer un « plumard à coulisse ». Il m'a entraîné dans ma chambre et m'a montré mon lit.

– C'est pour quand je grandirai, tu comprends ? À chaque centimètre, un cran de plus.

– Magnifique ! j'ai dit. Continue !

Ménage, courses, cuisine, vaisselle, mine de rien, j'ai fait tout ce qu'il fallait.

Maintenant, je m'effondre dans un fauteuil, complètement épuisé.

Et pour la première fois, je les regarde vraiment.

Pope a démonté le fer à repasser. Moune entame son soixantième dessin.

Pope...

Moune...

Alors, c'est vous ? C'était vous ?

– Moune !

La petite fille lève la tête et me sourit. Pas de doute : c'est bien la même fossette, au coin du même sourire. Quand tu grandiras, tes cheveux bruniront, Moune, mais ne t'inquiète pas, ils conserveront ce joli reflet roux.

C'est Pope qui me surprend. Il est tout rond. Plis et rebondissements partout.

(« Moi, j'ai d'abord poussé comme une citrouille.

C'est ensuite que j'ai choisi l'asperge. » Il m'a dit ça, un jour, c'est vrai.)

Mais aujourd'hui, assis en tailleur à mes pieds, levant soudain les yeux du cadavre à repasser, il me dit autre chose :

– Dis donc, toi ? Pourquoi est-ce que tu nous regardes comme ça ? On dirait que tu débarques...

Il me faut la solitude et la nuit noire pour revenir à la terrible réalité : Pope et Moune enfants ! Moi adulte ! Pope et Moune à qui j'ai ordonné d'éteindre mais qui continuent à pouffer et à chuchoter dans leur lit. Et moi, adulte ! Des milliards de problèmes à résoudre, évidemment : que dire aux clients de Pope ? aux boutiques de Moune ? Que faire de Pope et de Moune enfants ? Faut-il leur expliquer la situation ? Et moi, si ça dure, comment vais-je gagner ma vie ? leur vie... Pourtant, une seule pensée me torture vraiment : je viens de perdre vingt ou trente années de ma vie ! Comme ça ! D'un seul coup ! Je n'arrive pas à penser à autre chose. Cela revient sans cesse : vingt ans perdus ! trente, peut-être ! Perdus, comme on perd un objet, un portefeuille... Quand ? Comment ? Où ? Perdus ! Vingt ou trente ans d'un seul coup ! Impossible de penser à autre chose. Le temps perdu... C'est bien une pensée d'adulte, ça, il n'y a pas de doute !

Tatiana

Le lendemain, le téléphone sonne de bonne heure.
– Allô, c'est toi ? Tu es un beau salaud !
Pas besoin de reconnaître la voix pour savoir que c'est Kamo. Et qu'il a essayé de faire la rédac.
– Tu n'aurais jamais pu comprendre, Kamo. Maintenant, tu sais.
Il me maudit encore un bon coup.
– Tu trouves que ma mère ne me posait pas assez de problèmes quand elle était adulte ? Tu crois que c'est moins compliqué maintenant ?
Je réponds juste ce qu'il faut :
– Viens t'installer ici avec elle, ce sera plus facile.

Ils débarquent une demi-heure plus tard alors que nous beurrons les tartines du petit déjeuner. Kamo, lui, c'est en largeur qu'il a grandi. C'est un homme d'une quarantaine d'années, tête et poitrine massives, crinière de lion, sourcils froncés, regard furieux, démarche de marin par gros temps. Pas rasé. Les dents serrées.

– S'il n'y avait pas les gosses, qu'est-ce que tu prendrais !

Heureusement, il y a les gosses. Dont une petite fille aux yeux violets remplis de fureur. Elle marche derrière lui, dans des chaussures trois fois trop grandes pour elle, et s'empêtre dans une robe qui pourrait lui servir de parachute.

– Ma mère ! bougonne Kamo en guise de présentations.

Comme les enfants ouvrent des yeux ronds, il se rend compte de sa gaffe.

– Je veux dire Tatiana !

– Qu'est-ce que c'est que ça, Tatiana, comme prénom ? demande Pope en trempant sa tartine dans son chocolat.

– Russe, répond la petite. Grand-mère russe… C'est vrai que tu es bricoleur ? demande-t-elle à Pope. Il y a un robinet qui fuit à la maison. Tu peux venir le réparer ?

C'est plus un ordre qu'une question.

– Tout à l'heure, répond Pope, la bouche pleine.

— Tout de suite, ou c'est la guerre ! déclare tranquillement Tatiana.

— Alors c'est la guerre !

La tartine de Pope part en sifflant, mais Tatiana se baisse et le pain spongieux s'écrase sur la poitrine de Kamo. Tatiana bondit. Déséquilibré par le choc, Pope bascule de sa chaise, son crâne heurte le carrelage de la cuisine. Un hurlement strident, continu, incroyablement aigu, sort de la bouche de Moune qui a pourtant l'air calme, assise bien droite sur sa chaise. Kamo n'a pas bronché. La tartine se décolle de son veston et tombe à ses pieds. Je fais un pas pour séparer les enfants, glisse sur la tartine, plonge en avant, me rattrape à la nappe qui me suit, avec le petit déjeuner.

Tatiana va et vient de la cuisine au salon. Elle apporte des cubes de glace que Moune dispose dans une serviette dont elle tamponne à tout petits coups le crâne de Pope. Elle lui murmure qu'il est un héros, qu'il a la plus belle bosse du monde, et que Moune est le Premier Médecin de la Terre. Profitant de l'accalmie, je demande à Moune de prêter une de ses robes à Tatiana.

— Une que j'ai dessinée ?

Kamo n'a pas desserré les dents de la journée. Pas un sourire, rien. Il n'est pas venu faire les courses avec moi. Il n'a rien avalé. Il n'a même pas nettoyé son costume. Les enfants, eux, sont tranquillement installés dans leur petit monde, comme s'ils se connaissaient depuis toujours. Il y a encore eu deux ou trois bagarres, et autant de réconciliations. Ils sont ennemis à mort, puis amis jurés.

Je me sens seul…

Longtemps après que j'ai éteint la lumière de notre chambre, j'entends enfin la voix de Kamo.

– On est dans une jolie merde.

Cinq bonnes minutes plus tard, sur le même ton sinistre, il demande :

– Tu as une idée ?

Je réponds que non. Et je pense que le problème se compliquera quand l'argent de Pope, de Moune et de Tatiana sera épuisé.

– Moi, si.

C'est comme si mes oreilles se dressaient sur ma tête. J'attends la suite. Je l'attends une éternité. Finalement, Kamo dit :

– C'est Crastaing qui nous y a mis, c'est Crastaing qui nous en sortira.

Mais où est passé le prof ?

Nous avons attendu que les enfants dorment profondément, et nous nous sommes glissés dans la nuit.

– La rue de la Folie-Régnault, c'est du côté du Père-Lachaise, non ?

Kamo a obtenu l'adresse de Crastaing en téléphonant à Ménard, ce matin, avant de venir chez moi.

– Oui, on change à République.

Le plafond du métro est trop bas pour moi. Je suis obligé de courber la tête et c'est le premier sourire de Kamo.

– Toi qui avais peur de ne pas grandir...

Puis son sourire se modifie, devient un sourire

des yeux, quelque chose qui remonte de très profond, pour l'éclairer de l'intérieur.

– Quand je pense qu'avant de mourir mon père m'a confié maman… Il doit bien rigoler, en ce moment.

Le 75 rue de la Folie-Régnault est un très vieil immeuble. Une façade, décrépie, une cour intérieure avec pavés luisants dans la nuit bleutée, vélos et poubelles. La minuterie ne fonctionne pas.

– Tant mieux, murmure Kamo. Fond de cour, sixième étage, gauche.

Pendant que nous montons l'escalier sur la pointe de nos grands pieds, une boîte de conserve tinte contre un pavé : miaulements rauques, crachements, brève bagarre. Puis, de nouveau, le silence. Au sixième, Kamo frappe trois coups secs et discrets à la porte de Crastaing. Rien.

– Monsieur Crastaing ! (Une sorte de murmure impératif.)

Puis, plus fort :

– Crastaing !

Dans un appartement voisin, quelqu'un grogne en se retournant ; les ressorts du lit protestent.

– Il n'est pas là, souffle Kamo.

Non, il n'est pas là, mais sa porte s'ouvre, simplement parce que je me suis appuyé contre elle. Nous voilà chez lui. Chez lui ! Ma main cherche à allumer, Kamo me retient. D'un seul mouvement, il ôte sa veste et en recouvre une lampe de chevet, posée à même le sol. La lumière, ainsi tamisée et rasante, nous révèle un minuscule appartement presque vide. Deux pièces, et un seul exemplaire de chaque objet. Oui, une seule table, une chaise seulement. Sur l'unique étagère de la cuisine, une seule assiette, un seul verre...

Dans la chambre à coucher, le lit : une place. Rien d'autre. Les murs sont nus. Pas une photo, nulle part. On pourrait croire l'appartement inhabité si l'on ne trouvait, impeccablement suspendu au portemanteau de la chambre, l'éternel costume de Crastaing, avec sa petite tache violette, et, au pied du portemanteau, son cartable.

– Viens voir.

Kamo a écarté le rideau qui masque la fenêtre. Celle-ci donne sur une cour d'école, ou de couvent, quelque chose comme ça. Vue de si haut, cernée par ces murs sombres, on dirait le fond d'une cuve. Au centre de ce puits se dresse la silhouette voilée d'une statue. Une Vierge, peut-être. Au fond, la façade immense d'un édifice plus haut que notre immeuble. Les fenêtres y font de grands trous noirs. Tout en bas de cette falaise, à droite de la porte qui donne sur la cour, on distingue vaguement une forme assise, une autre statue, sans doute. Kamo laisse retomber le rideau.

– C'est gai...

J'ai veillé seul. Kamo est retourné auprès des enfants. Je lui téléphonerai si Crastaing arrive. J'ai veillé seul. Je ne me suis jamais senti si seul de ma vie. J'ai longuement regardé au fond de la cour. Puis je me suis endormi. Et réveillé en sursaut, sans raison. Je me suis mis à marcher, d'une pièce à l'autre, sans fin, pour lutter contre le sommeil. J'ai fini par heurter l'unique table. Sous le choc, elle a glissé d'un bon mètre. Et c'est alors seulement que j'ai vu la corbeille à papiers. Elle était pleine. Je l'ai regardée un moment avant de m'accroupir. Et puis, j'ai déplié la première feuille. C'est presque sans surprise que j'y ai lu le sujet de notre rédaction. Crastaing l'avait recopié de son écriture violette, un peu vieillotte.

> *Vous vous réveillez un matin et vous constatez que vous êtes transformé en adulte. Affolé, vous vous précipitez dans la chambre de vos parents : ils sont redevenus des enfants...*
> *Racontez la suite.*

Il n'avait rien écrit d'autre, sinon le mot : CORRIGÉ.

Racontez la suite... J'ai déplié une deuxième feuille, puis une troisième, toujours le sujet, COR-

RIGÉ, et rien d'autre. Alors, je me suis mis à les défroisser toutes comme un fou. Et, finalement, sur une feuille où il n'avait pas recopié le sujet, j'ai lu ça :

> *Je leur ai posé le sujet. Ah ! si je pouvais obtenir un bon devoir, un seul ! Si je pouvais sentir, une fois seulement, ce que c'est qu'une famille, un père, une mère, des enfants, des tantes, des cousins... J'aimerais tant... une seule fois...*

Et sur une autre feuille, d'une écriture toute tremblante :

> *Je n'y arrive pas, j'essaye mais je n'y arrive pas...*

Mon Dieu... Crastaing aussi a essayé !

Quand je me redresse, le jour commence à se lever. Je marche comme un automate jusqu'à la chambre. Et, comme j'ai besoin de vraie lumière, j'ouvre grand le rideau. Ce n'est pas une statue de la Vierge, dans la cour, c'est celle d'un roi, manteau, couronne, sceptre et globe. Et puis, rasant les murs, il y a quatre marronniers que je n'avais pas remarqués tant ils sont faméliques. Le roi pourra faire ce qu'il veut, aucun arbre ne poussera jamais au fond de ce puits. Une cloche tinte, aigrelette. Oui, un couvent, peut-être…

Il vaut mieux que je m'en aille. Je sais que ce n'est plus la peine d'attendre. À la seconde où je décide de partir – je me retourne déjà – le coin de mon œil est attiré par un mouvement imperceptible : là-bas, tout au fond de la cour, au pied de la muraille, la porte s'est ouverte. Un vieillard à longue barbe, vêtu d'une blouse grise, apparaît. Il tient quelque chose dans ses mains. Un bol. Oui, un bol. Et il se penche sur la petite statue assise à droite de la porte. Il lui tend le bol. La petite forme ne bronche pas. Alors, le vieillard hausse les épaules et, sans insister, franchit de nouveau la porte qu'il repousse du pied, et qui claque. La petite forme n'a pas bougé. Moi, si. J'ai ouvert la fenêtre et je me suis penché autant que j'ai pu. Ce n'est pas une statue, c'est un enfant. Minuscule, dans une robe de chambre beaucoup trop vaste pour lui. Il a le visage levé. Et c'est ma fenêtre qu'il regarde !

Pope, Moune,
ne me faites pas ça !

– Tu es sûr de ce que tu dis ?
– Absolument certain. Et ce n'est pas un couvent, c'est un orphelinat.
Silence dans le téléphone. Puis Kamo dit enfin :
– J'arrive !
– Je t'attends.
– Inutile, il ne s'envolera pas. Et puis…
Une hésitation.
– Quoi ?
– Il vaut mieux que tu reviennes ici, toi. Pope et Moune doivent avoir de la fièvre, je les trouve un peu chauds.

Un peu chauds ? Ils sont bouillants quand j'arrive. Je conseille à Kamo de ramener Tatiana chez lui, puis je fonce dans la salle de bains où je remplis la baignoire d'eau chaude. (« Deux degrés au-dessous de la température du corps », disait toujours Moune.) Moune et Pope déshabillés sont aussi brûlants que s'ils sortaient d'un four. À part ça, ils sont dans une forme terrible. Au bout de cinq minutes de bain, c'est l'inondation générale. Puis, l'eau faisant son effet, la fièvre tombe, ils se calment. Je les emmitoufle tous les deux dans une des gigantesques serviettes de Pope, je les frictionne, je les recouche. Je fais les mêmes gestes que Moune quand elle me soignait. La même rapidité. La même précision. J'achète des oranges, les coupe, les presse. Ils boivent comme au milieu d'un désert. Enfin, ils s'endorment. Je me laisse tomber dans un fauteuil. Et je le revois.

Ce visage si maigre flottant dans cette robe de chambre immense. Comme il la regardait, sa fenêtre ! Et moi, tout là-haut, le fixant, la moitié du corps hors de l'immeuble. Et lui, tassé sur lui-même, à côté de cette porte close. Tout à coup, ce fut comme si j'avais été tout près de lui, à le toucher. Et je l'ai bien retrouvé alors, oui, tel que je l'avais toujours vu. Cette tristesse sans âge d'enfant vieux. Son bras droit est retombé, comme lorsqu'il lâchait nos copies. J'ai vu la boule de chagrin monter dans sa gorge et exploser silencieusement, au fond de ce puits, devant cette statue de roi.

La petite voix flûtée de Moune me tire de ma rêverie.
— Oui, Moune ?
Mais ce n'est pas à moi qu'elle parle. Elle est assise, bien droite, elle regarde fixement le mur, et elle parle seule.
— Moune !
Son front est si chaud que je retire ma main, comme si je m'étais brûlé. Pope a les yeux fermés, les lèvres et les paupières violettes.
— Pope !
J'ai lutté toute la journée contre la fièvre. Je l'ai repoussée dix fois, mais elle est revenue, toujours plus forte, comme un ennemi invisible, toujours mieux armée, toujours plus puissante, attaquant de tous les côtés à la fois. Quand elle quittait le champ de bataille, elle laissait Pope et Moune trempés de sueur, claquant des dents, transis. Puis elle chargeait de nouveau, et c'étaient des frissons, des secousses qui les tendaient comme des arcs, de longs délires aux yeux fous…
Compresses, bains, frictions, citronnades au miel, aspirine, tisanes, je me suis battu jusqu'au milieu de la nuit. Jusqu'au moment où j'ai compris que j'allais perdre, que cette fièvre fuyante,

puis fougueuse comme une marée en fusion, allait emporter avec elle tout ce que j'avais au monde : mes parents, mes parents et mes enfants ! Tout ! Et je resterais seul... définitivement seul devant la mort.

– Pope, Moune, vous n'allez pas me faire ça ?

Alors, je me suis jeté sur l'annuaire téléphonique. Grappe ! Grappe ! Docteur Grappe ! G... Gr... Grappe ! Rue des Wallons !

D'abord, il ne comprend pas très bien, puis il dit :

– Ah ! c'est toi ? Qu'est-ce qui ne va pas ?

Sans réfléchir, je dis :

– Mes parents.

Je n'ai pas le temps d'expliquer :

– Vite, docteur ! Vite ! Vite !

Il ne s'énerve pas. Il me fait décrire les symptômes. Il me demande depuis combien de temps.

– Ce matin.

Il dit « bon ». Qu'il arrivera « dans une petite heure », et de ne pas m'affoler surtout, de maintenir Pope et Moune au chaud, même s'ils suent à grosses gouttes.

– C'est tout ?

– C'est tout.

Sur quoi, il raccroche. Dans ma main, le téléphone est lourd, froid et raide comme un poisson mort.

Tellement mort qu'après l'avoir raccroché à mon tour je saute jusqu'au plafond en l'entendant sonner. Je le regarde comme un revenant et le laisse criailler cinq ou six fois avant d'avoir le courage de décrocher.

Histoires de famille

— Allô, c'est toi ? Qu'est-ce que tu foutais, nom d'un chien ?

Kamo... Je l'avais complètement oublié, celui-là !

— Tu avais raison, c'était bien Crastaing, au fond de la cour ! Crastaing enfant. Exactement le même mais qui aurait rétréci au lavage. Je l'ai pris par la peau du cou et je l'ai remonté chez lui en quatrième vitesse !

— Kamo... Comment va Tatiana ?

— Beaucoup mieux, merci, mais la santé des mômes, c'est le cadet de mes soucis en ce moment !

— Qu'est-ce que tu dis ?

— Je dis qu'il n'y a pas de mouron à se faire de

ce côté-là, les gosses, c'est du solide ! Et si Tatiana ou tes parents avaient dû mourir enfants, nous ne serions pas là à jacter au téléphone, réfléchis une seconde !

Il a raison. Il a raison ! Mais il a raison, bon Dieu ! Pope, Tatiana et Moune ne peuvent pas mourir, puisqu'ils ont encore à nous mettre au monde !

– Bon, ça y est ? On peut parler sérieusement, maintenant ?

– Parle, Kamo, parle, mon vieux, parle autant que tu voudras, je t'écoute !

– Alors, malgré ses hurlements, j'ai bouclé Tatiana à double tour et j'ai foncé chez Crastaing. Tu avais raison, c'était bien lui, assis à côté de la porte, dans la cour de cet orphelinat Saint-Louis. Les caves de son immeuble donnent sur cette cour. Je suis passé par un soupirail et je l'ai enlevé. Pas pour réclamer une rançon, tu penses bien... Je ne vois pas qui paierait un centime pour récupérer un Crastaing !

Non, l'idée de Kamo était bien meilleure. L'idée de Kamo était une idée à la Kamo. Une idée de génie. Une «idée du siècle», comme il disait lui-même chaque fois qu'il en trouvait une nouvelle, ce qui lui arrivait dix fois par jour depuis que nous nous connaissions.

Kamo beuglait dans le téléphone à présent :

– Puisqu'il a commencé à la faire, cette rédac,

le Crastaing, il va la finir, c'est moi qui te le dis ! Et quand il l'aura finie je te fous mon billet que tout redeviendra comme avant : les profs dans leur rôle de profs, les élèves dans leur rôle d'élèves, les parents en parents et les mouflets en mouflets, Crastaing toujours aussi cinglé et Lanthier toujours aussi con ! Assez rigolé comme ça ! Il va nous faire un beau devoir, le Crastaing, et demain on se réveillera dans notre lit d'enfance, je te le jure sur la tête des parents... je veux dire sur la tête des enfants... non, sur notre propre tête... sur ta tête à toi, quoi !

– Mais il n'arrive pas à la faire ! Tu as lu ses brouillons ?

– Il y arrivera ! À grands coups de pompes dans le train s'il le faut ! D'ailleurs, je vais l'aider. Je m'y connais en histoires de famille ! Depuis la mort de papa je n'entends que ça, des histoires de famille ! Comme si Tatiana avait peur que je sois privé de famille... J'en entends tous les jours, des histoires de famille ! Des histoires de la famille russe de Tatiana, bouffée par l'Histoire et ses révolutions, des histoires de sa famille à lui, mon père, des histoires de la famille que nous formions avant qu'il meure, des histoires de la famille que nous aurions formée s'il avait vécu, des histoires de notre famille à deux sans lui. C'est pour ne pas remuer tout ce chagrin que je ne voulais pas faire sa foutue rédac, à Crastaing ! Eh bien, puisqu'il y tient tant, on va le remuer ensemble, le grand chagrin familial ! Je vais le gaver de frères, de sœurs, de cousins, d'arrière-petites-nièces, de grands-pères et de bisaïeuls, je vais le goinfrer d'aînés, de cadettes, de puînés et de mort-nés, je vais lui faire avaler des kilomètres de généalogie, le gorger de beaux mariages, de mésalliances, d'héritages, de descendances et de dynasties, il faudra qu'il assiste à toutes les noces, à tous les baptêmes, à tous les enterrements, sans oublier les anniversaires, les fêtes, le jubilé de tante Ursule et d'oncle Alexandre, qu'il se tape les soirées-télé, les dimanches à la campagne et les vacances entre nous, qu'il écoute toutes ces histoires de famille, là, cloué sur sa chaise, entre le fromage et le dessert : comment Armand, le mari de Gisèle, a fait une belle carrière dans la nouille, et combien a coûté le beau mariage de Frédéric, mais quelle déception, le divorce de Jean-François... une indigestion permanente de famille, voilà ce que je vais lui flanquer à Crastaing ! J'y ajouterai en prime notre histoire à nous ! Toi et moi dans le rôle des pères célibataires, Pope et Tatiana dans celui des tartineurs enragés et Moune, ta mère, en infirmière de la Grande Guerre ! Et s'il en veut encore, je lui inventerai une suite, jusqu'à l'an de grâce 3625 !

– Vous avez commencé à travailler ?

– Pas encore. Il ne peut pas mettre un pied devant l'autre pour l'instant. Apparemment, il n'avait pas mangé depuis deux ou trois jours quand je l'ai repêché. Il était affamé et gelé, emmitouflé dans une espèce de robe de chambre toute mitée, beaucoup trop grande pour lui. Alors je l'ai mis au lit sous une douzaine d'édredons et je le retape au steak tartare et au jus de tomate. Il n'aime pas trop la viande crue, mais je ne suis pas d'humeur à discuter. Un gosse dans son état, ça a besoin de sang frais, de jus de légume, de lait chaud et de sommeil. Il dort, en ce moment. On va s'y mettre dès qu'il se réveillera. D'ailleurs, il se réveille, il faut que je te quitte. Allez, à la revoyure. Te fais pas de bile, on tient le bon bout !

Clac.

Silence.

Silence tonitruant, comme toujours après un discours de Kamo. Tous ces mots qui continuent à exploser dans votre tête, comme un feu d'artifice qui n'en finit plus de finir...

Seulement, même rempli d'échos, le silence, qu'on le veuille ou non, ça finit toujours par devenir du silence.

Et celui qui régnait maintenant autour de moi était si profond qu'il me fallut plusieurs secondes pour trouver le courage de tourner la tête vers Pope et Moune.

La peau bistre et les paupières violettes, allongés l'un à côté de l'autre sans que leurs mains se touchent, ils semblaient posés sur leur lit comme sur un radeau à la dérive. Leurs poitrines ne bougeaient pas, leurs lèvres étaient mi-closes sur l'éclat de leurs dents, et je compris soudain que rien ne pourrait plus jamais les réveiller. Ils n'avaient pas conscience du courant qui les entraînait, du fleuve immense qui emportait leur lit et qui s'amenuisait en accélérant... ils glissaient à toute allure vers ce puits qui allait les engloutir, ils y tournoyaient peut-être déjà – eux, leur grand lit et tout notre bonheur –, un lent tournoiement dans un puits si profond que le soleil lui-même s'y éteint. Oh! Kamo, tu te trompes, les parents sont mortels! Grands ou petits, ça ne change rien à l'affaire. Dès qu'ils nous ont faits ils peuvent se défaire...

– Pope, Moune, arrêtez! on ne meurt plus de maladie infantile de nos jours! et puis vous n'êtes pas des enfants, bon Dieu! vous n'êtes plus des enfants! c'est moi, l'enfant! c'est à moi d'être malade! Ne me volez pas mon rôle! Allez, on arrête de jouer. Je plonge et vous remontez, d'accord? Pope! Moune! Soyez sympa, laissez-moi votre place, chacun son tour!

Je me battais depuis trop longtemps... je n'avais ni mangé ni dormi depuis trois jours... j'avais perdu tout espoir de ramener Pope et Moune à la surface… le docteur Grappe n'arriverait pas à temps… alors j'ai lâché prise… je me suis endormi… ou plutôt non, je me suis laissé tomber dans le sommeil… j'ai sauté à mon tour dans le puits… j'ai noyé la lumière du jour…

Sauvés !

C'est en tourbillonnant que je me suis réveillé. Je me suis réveillé comme on change d'avis, comme on remonte du fond d'un puits, attiré par le disque lumineux de la surface. Je me disais : « Tu es au fond du puits et là-haut il y a le ciel. Monte ! Monte ! Monte encore ! Encore ! » Mais le disque de lumière semblait inaccessible. J'étouffais en remontant, j'étouffais… De moins en moins d'air… des grappes de bulles éblouissantes filaient à toute allure le long des parois luisantes… Elles vont plus vite que toi… tu seras noyé avant d'atteindre la lumière, noyé-mort et tu retourneras au fond, où tout est si noir… si noir et si froid… Je battais des bras et des pieds, je donnais des coups de reins, je nageais comme un homme et comme un dauphin... rattraper les bulles... les dépasser... atteindre la surface avant elles... oui... encore un effort... et j'ai enfin crevé le papier de lumière... j'ai jailli à l'air libre, ruisselant et les poumons en feu. Le soleil m'a saisi en plein vol, ses rayons m'ont cloué contre terre, et je suis resté là, ébloui et palpitant comme un papillon sauvé par l'épuisette.

Un papillon sauvé par l'épuisette...

C'est exactement ça...

Je pesais mon poids énorme de papillon détrempé. Beaucoup trop lourd pour bouger la moindre antenne et beaucoup trop ébloui pour comprendre les paroles qui éclataient dans la lumière autour de moi...

– Non, je ne crois pas, non...
– Il l'a déjà eue...
– La rougeole aussi, oui.
– Et les oreillons, l'année dernière.
– Tu es sûre ? Ce n'était pas l'année d'avant ?
– J'ai d'abord cru à une angine...
– Sur le coup, on ne s'est pas trop inquiétés...
– Mais la fièvre est montée si haut...
– Malgré les bains...
– Deux degrés au-dessous de sa température, oui...
– Ce sont les spasmes qui nous ont effrayés.
– On aurait dit qu'il se noyait...

– Nous avons craint les convulsions.
– Surtout quand il a commencé à délirer.
– La circulaire ?
– Quelle circulaire ?
– À propos de la méningite...
– Une épidémie ?
– Tu as trouvé une circulaire dans le courrier, toi ?
– Suspicion de méningite, suspicion seulement...
– Les trois quarts de sa classe ?
– Il y a plusieurs variétés de méningite ?

Ce n'était pas le soleil, ce disque de lumière, c'était l'ampoule de la petite lampe avec laquelle le docteur Grappe fouillait mon œil comme on cherche un secret au fond d'un puits.

De chaque côté du docteur, Pope, mon père, et Moune, ma mère, adultes comme jamais, semblaient eux aussi très curieux de savoir ce que le docteur allait sortir du puits. Anxieux, même... Le docteur parlait sans s'émouvoir :

– En fait, c'est autre chose... les autres classes n'ont pas été touchées... On pourrait appeler ça une crastaingite, si vous voulez... une crastaingite aiguë, même...

Pope semblait plus grand que jamais. Quand mon œil a quitté le disque de lumière pour se poser sur lui, il a juste dit :

– Salut, toi ! Tu reviens de loin, on dirait…
Moune a demandé :
– Ça va, mon chéri ?
Le cliquetis des appareils que range le docteur : la lampe, le stéthoscope, le tensiomètre… clic, clac, les serrures de sa trousse.
Le souffle chaud des couvertures qu'on rabat.
– Rien de sérieux.
Le rire grognon du docteur Grappe :
– C'est solide ces petites bêtes, on ne s'en débarrasse pas comme ça…
Il ajoute :
– Je vais vous faire une ordonnance. Pour l'instant, il a surtout besoin de sommeil. Il sera sur pied lundi.
Les petits pas qui sortent.
La lumière qu'on éteint.
Pope, Moune, adultes, solides, et moi enfant.
Sauvé.
Tous sauvés.
C'est ce que je me suis dit en m'endormant.
Un sommeil sans rêve, cette fois.

Crastaingite

Et de nouveau le réveil. Mais sous la main fraîche de Moune, cette fois, et sous le regard chaud de Pope.

Un regard tellement heureux, tellement confiant, que mes joues ont pris feu tout à coup !

La rédac !

Avec tout ça, je n'ai pas tenu ma promesse ! Je n'ai pas fait la rédac !

À quoi Pope a répondu, avant même que j'aie dit un mot :

– Ne t'affole pas pour ta rédaction, la question est réglée. On ne peut pas écrire et mourir en même temps… Toi, tu as choisi de mourir…

– Pope, ce n'est pas drôle !

Moune, ma mère, gronde. Moune n'apprécie pas toujours les plaisanteries un peu carrées de Pope. Mais je suis heureux. Pope pourrait plaisanter plus carrément encore, ce ne serait que du bonheur en plus.

— Je suis malade depuis combien de temps ?
— Le temps de ne pas faire ta rédac. C'est ça, la crastaingite ! C'est une maladie bien réglée.
— Pope, arrête !

Le sourire de Moune. Le tintement si vivant de la petite cuiller qu'elle tourne dans un bol.

— Et Kamo ?
— Crastaingite aussi. Crastaingite pareille. Crastaingite pour tout le monde. Même pour Crastaing, à ce qu'il paraît. Crastaingite pour Crastaing aussi.
— Tiens, bois, c'est chaud.

La main de Moune qui soulève ma nuque, mes cheveux dans ses doigts, frisés par la sueur, la chaleur du lait au miel...

— C'est bon ?

Si c'est bon ? C'est le bonheur en personne qui se glisse dans mon corps et qui s'étire jusqu'au bout de mes orteils.

— Je me demande pourquoi les meilleures choses vont toujours aux feignants...

Sourire de Moune :

— Tu veux qu'on t'oblige à t'envoyer un bon litre de lait, Pope ?

Moue dégoûtée de Pope qui a toujours détesté le lait. («Ah! si seulement les vaches produisaient du café! Tous ces percolateurs en liberté dans les champs!»)

Et de nouveau ma tête sur le traversin. Ma tête qui pèse quinze tonnes.

– Un peu de glace sur ton front, dans un gant de toilette, tu veux?

Moune a déjà quitté ma chambre. La porte du frigo s'ouvre dans la cuisine. Tapotement d'un bac à glace contre le bord de l'évier...

– Pope?

– Oui, mon grand...

– Je peux te poser une question?

– Tu me connais, je ferai comme si j'avais la réponse.

– Pope?

– Je suis toujours là.

– Pope... qu'est-ce qu'il te raconte, Crastaing, quand tu vas le voir?

– Ah...

Silence.

– Et pourquoi ça te rend tellement malade, toi aussi?

Long silence pendant lequel Moune revient avec son gant et sa glace.

– Donne.

La main de Pope posant doucement le gant

de toilette sur mon front... Moune qui sort pour renouveler la provision d'oranges... la porte de l'appartement qui claque... mon front qui flotte dans l'Antarctique... le visage de Pope, tout près du mien.

– Ça te fait du bien ?

– S'il te plaît, Pope, réponds-moi.

Il respire profondément. Il gonfle sa poitrine.

Il va se jeter à l'eau. Ça y est, il plonge :

– Eh bien, ton Crastaing me raconte son enfance. Son enfance d'orphelin pendant la guerre, la dernière, l'affreuse, celle où la terre entière étripait la terre entière... Tu imagines un orphelinat à cette époque et dans ces circonstances ? Il passait des nuits dans la cour quand il était puni, même en hiver, c'était le règlement : une nuit à demander pardon à la statue de Saint Louis ! Il y avait un vieux surveillant à barbe grise, la bouche pleine de trous, qui lui expliquait avec des postillons glacés que seuls sont orphelins les enfants qui le méritent, que la famille n'est pas un droit mais une récompense, des trucs de ce genre, tu te rends compte !

Mon crâne est un iceberg, maintenant. Et le *Titanic* vient de lui rentrer dedans. Crastaing au fond de la cour !

– Le matin, dans cette cour qui ressemblait plutôt à un puits, le vieux lui apportait le bol de soupe dont on l'avait privé la veille. Une soupe mal réchauffée, tiède en surface et froide au cœur, encore plus froide que la nuit ! Crastaing la refusait toujours et le vieux pion n'insistait jamais, sachant qu'il la lui resservirait à midi, et le soir, et encore, jusqu'à ce qu'il l'avale, cette potion de nuit glacée !

Pope, maintenant, parle les yeux fixes, tout comme le Pope enfant qui délirait dans ma fièvre... À chaque entrevue avec Crastaing, il ne pouvait s'empêcher de voir ce que l'autre lui racontait :

– Je te jure... l'histoire de sa robe de chambre, par exemple... On ne leur achetait jamais de vêtements neufs, bien sûr, les petits héritaient les frusques des grands quand les grands partaient à leur tour pour la guerre – la guerre qui avait déjà dévoré leurs parents ! Et bientôt il n'y eut plus que des petits à l'orphelinat, parce que tous les grands étaient partis fabriquer d'autres orphelins, là-bas, dans les plaines de l'Est...

– Pope, tu parlais d'une robe de chambre...

– Oui, la robe de chambre, oui... Il avait hérité une robe de chambre d'un de ces grands disparus, une vieille robe de chambre beaucoup trop grande pour lui, dans laquelle il s'emmitouflait pour passer ses nuits de pénitence... Il dit que ça a été sa seule famille, cette robe de chambre, et qu'il la possède encore ! Et les fenêtres de chez lui, tu sais sur quoi elles donnent ? Sur la cour de l'orphelinat Saint-Louis, celle-là même où il passait ses horribles nuits ! Il dit qu'il n'a jamais pu quitter tout à fait l'orphelinat, c'est ça le plus triste !

Pope parle, parle... et le *Titanic* s'enfonce dans mon crâne.

« Votre fils ne connaît pas son bonheur », disait Crastaing à Pope chaque fois qu'il le convoquait, et chaque fois ses récits étaient plus tristes, plus désespérés et plus convaincants, comme une souffrance qui aurait traversé des dizaines d'années et qu'on vous servirait toute palpitante encore, avec ses horribles détails, ces petits trucs qui n'ont l'air de rien mais qui font plus mal que tout... et Pope était obligé d'écouter jusqu'au bout, et toute cette banale horreur lui flanquait des cauchemars où il m'imaginait orphelin à la place de Crastaing, où il me voyait, moi, assis dans la cour de l'orphelinat, au pied de cette statue, au fond de cette espèce de puits, parmi les marronniers morts, il me voyait moi, livré au vieux surveillant à blouse grise, si vieux qu'il paraissait immortel :

– Et tu sais quoi ? Il t'oblige à manger des endives à la sauce blanche ! Le plat que tu détestes le plus ! À l'aube ! Gelée, la sauce, au fond de l'assiette ! Je ne sais pas pourquoi mais cette flaque de sauce figée, c'est pire que tout ! Et toi, assis au fond de cette cour, devant cette statue de roi mort, tu repousses l'assiette, et lui, le vieux, il n'insiste pas, il sait bien qu'il te la resservira autant de fois qu'il le faudra et que tu finiras par les avaler, tes endives...

La porte de l'appartement qui claque de nouveau, et la voix de Moune, dans la cuisine :

– Une bonne orangeade pour tout le monde, d'accord ?

Pope a baissé la voix ; il s'est approché :

– Et moi, Pope, ton père, je vois tout ça du haut de cette fenêtre – je suppose que c'est la fenêtre de son appartement d'aujourd'hui –, je te vois, tout au fond, et je ne peux rien faire pour toi, moi, ton propre père !

Je me penche autant que je peux et je crie à pleins poumons : « Ce n'est pas vrai ! ce n'est qu'un rêve ! tu n'es pas orphelin ! n'aie pas peur je suis là ! je suis ton père ! c'est moi, Pope ! » Mais cette cour est si profonde... On dirait que mes paroles montent au lieu de descendre... qu'un tourbillon les emporte vers la nuit... et tu ne m'entends pas, bien sûr... tu ne m'entends pas... et tu regardes cette fenêtre comme si tu ne me voyais pas...

Sa main est toute chaude maintenant sur ma tête. Les glaçons fondus me font une cascade de larmes :

– Zut, tu es trempé... attends, je vais t'essuyer...
– Non, Pope, raconte... raconte...

– C'est fini, je me réveille toujours à ce moment-là. Je me réveille en sursaut à côté de Moune qui murmure « Calme-toi, calme-toi », mais c'est fichu, je ne peux plus me rendormir, je reste éveillé jusqu'au matin avec cette image qui flottera dans ma tête pendant plusieurs jours : toi au fond de ce puits, dans cette robe de chambre trop grande pour toi... toi et cette assiette d'endives... grises et froides comme des poissons morts... Alors, je ne dors plus... j'attends ton réveil... et le matin, quand je te vois débarquer dans la cuisine... marcher au radar vers ton bol de chocolat... je pousse un sacré soupir de soulagement !

Le corrigé

Le docteur Grappe avait eu raison : le lundi matin j'étais sur pied, tout frais tout rose, en pleine forme pour affronter Crastaing.

– Résurrection générale… annonça Kamo en voyant entrer un par un tous les copains dans la classe… et il ajouta :

– Le jour du jugement dernier !

– C'est pas marrant, Kamo, dit le grand Lanthier en frissonnant.

– Non, admit Kamo, surtout pour ceux qui vont aller cuire en enfer ! Tu l'as faite, toi, ta rédac, Lanthier ?

Lanthier devint tout pâle et ne répondit pas.

Debout derrière nos chaises, nous attendions…

debout et silencieux comme au bon vieux temps d'avant mon cauchemar.

Une minute… pas de Crastaing.

Deux minutes… son bureau vide au-dessus de nous.

Trois minutes… tous nos regards braqués sur la porte close.

Quatre minutes…

La porte qui s'ouvre enfin.

Crastaing.

Le même, exactement. Le même crâne chauve, la même tête triangulaire et lisse, la même pâleur, le même costume, la même petite tache violette dans la poche où il glisse son stylo. Et déjà derrière son bureau… la même vivacité de fantôme.

– Asseyez-vous.

Tout le monde assis.

– Sortez vos rédactions.

Personne ne bronche. Lanthier fait bien mine de chercher le devoir qu'il n'a pas fait, mais il y renonce très vite et se fige dans l'immobilité générale.

– Dois-je comprendre que personne n'a fait son travail ?

Attention… aaaatention… il y a des silences qui sont de dangereux explosifs !

Mais non. Crastaing se contente de demander une seconde fois :

Le corrigé

– Personne ?

Puis il se passe quelque chose de tout à fait inattendu : un très léger sourire vient se poser sur ses lèvres... Oh! trois fois rien... une ombre de sourire... mais c'est la toute première fois que nous assistons à ce phénomène... c'est tellement sidérant... ce sourire minuscule explose sur ce visage comme s'il portait toute la gaieté du monde !

– En effet... en effet... c'était peut-être un tout petit peu difficile pour vous...

Et c'est toujours en souriant qu'il ouvre son cartable.

– Je vais vous lire le corrigé.

Cela aussi, c'est nouveau. Depuis que nous le subissons, il ne nous a jamais rien lu à voix haute. Pas la moindre histoire... rien, jamais. Pendant qu'il cherche ses papiers, il dit encore :

– À propos, je vous prie de m'excuser pour mon retard... j'ai visité un nouvel appartement... je déménage... un peu plus d'espace... davantage de lumière... c'est important, la lumière, c'est la vie... mes fenêtres donnaient sur une sorte de puits... Ah ! voilà... Vous y êtes ?

Tu parles ! Toute la classe ne faisait qu'une seule et même oreille !

Alors, il s'est mis à lire.

Oui, ce matin-là, Crastaing, notre prof de français, nous lut à voix haute une histoire extraordinaire, une histoire de famille, pleine d'adultes-enfants et d'enfants-adultes, de tartines volantes, de bosses, d'inondations, de maladies effrayantes, de convalescences délicieuses, et dont les personnages s'appelaient Pope, Moune, Tatiana... une histoire de famille avec des hauts et des bas, des naissances et des morts, dont les racines plongeaient profond dans l'Histoire avec un grand H, celle qui fait les guerres et les révolutions, celle qui éparpille les familles, creuse les fossés de l'oubli mais qui finit malgré tout par accoucher de la paix et devient alors l'histoire des retrouvailles et des rencontres, l'histoire des bonheurs que l'on croit éternels... l'histoire du mariage de Pope et de Moune... de nos vacances dans le Vercors, l'histoire qui fuit les livres d'Histoire pour se reposer un peu dans les albums de famille... la seule histoire dont lui, Crastaing, eût jamais rêvé...

Sa voix était toujours un peu métallique, mais elle s'était assouplie, elle épousait toutes les péripéties de son récit, ce n'était plus seulement une voix pour faire peur, mais pour faire rire aussi, et pleurer, et rêver, et penser... une voix vivante, riche de toute la vie qu'il avait jetée sur ces pages... Il lisait, il lisait comme on raconte. À la fin de l'heure il lisait encore. Personne n'entendit sonner la récré.

Le corrigé

Le soir, comme nous attendions notre métro, Kamo a juste dit :
– Dis donc, toi, si Pope, ton père, ne vient pas réparer ce robinet aujourd'hui même, ça va être la guerre, avec Tatiana.

Kamo, l'agence Babel

Pour Mia

Kamo's mother

– Trois sur vingt en anglais !

La mère de Kamo jetait le carnet de notes sur la toile cirée.

– Tu es content de toi ?

Elle le jetait parfois si violemment que Kamo faisait un bond pour éviter le café renversé.

– Mais j'ai eu dix-huit en histoire !

Elle épongeait le café d'un geste circulaire et une seconde tasse fumait aussitôt sous le nez de son fils.

– Tu pourrais bien avoir vingt-cinq sur vingt en histoire, ça ne me ferait pas avaler ton trois en anglais !

C'était leur sujet de dispute favori. Kamo savait se défendre.

– Est-ce que je te demande pourquoi tu t'es fait virer de chez Antibio-pool ?

Antibio-pool, respectable laboratoire pharmaceutique, était le dernier employeur de sa mère. Elle y avait tenu dix jours mais avait fini par expliquer à la clientèle que 95 % des médicaments qu'on y faisait étaient bidon et les 5 % restants vendus dix fois trop cher.

– Dire que tous les adolescents du monde parlent l'anglais ! Tous, sauf mon fils. Pourquoi justement mon fils, hein ?

– Dire que toutes les mères du monde conservent leur boulot plus de quinze jours ! Toutes, sauf ma mère. Pourquoi justement ma mère, hein ?

Mais c'était une femme qui aimait les défis. Le jour où Kamo lui fit cette réponse, elle éclata d'un rire joyeux (oui, ils savaient faire ça : se disputer et rire en même temps), puis le cloua sur place, index tendu.

– OK, petit malin : je vais de ce pas chercher un nouvel emploi, je vais le trouver, je vais le garder et, dans trois mois, tu auras à ton tour trois mois pour apprendre l'anglais. Marché conclu ?

Kamo avait accepté sans hésiter. Il m'expliqua qu'il ne courait aucun risque :

– Avec le caractère qu'elle a, elle ne pourrait

même pas tenir comme gardienne de phare : elle s'engueulerait avec les mouettes !

Pourtant, un mois passa. Elle avait trouvé une place de rédactrice dans un organisme international. Kamo fronçait les sourcils.

– Un machin pour les échanges culturels, d'après ce que j'ai compris...

Elle rentrait parfois si tard que Kamo devait faire les courses et la cuisine.

– Elle rapporte même des dossiers à la maison, tu te rends compte ?

Je me rendais surtout compte que mon copain Kamo allait devoir se mettre sérieusement à l'anglais. Deux mois étaient passés et sa tête s'allongeait chaque jour davantage.

– Dis donc, tu ne sais pas ? Elle travaille aussi le dimanche !

Et le dernier soir du troisième mois, quand sa mère vint l'embrasser dans son lit, Kamo trembla en voyant son sourire d'ange victorieux.

– Bonsoir, mon chéri, tu as exactement trois mois pour apprendre l'anglais !

Nuit blanche.

Le lendemain matin, Kamo essaya tout de même de se défendre, mais sans grande conviction.

– Comment veux-tu que j'apprenne une langue en trois mois ?

Manteau, sac et chapeau, elle était déjà sur le point de partir.

— Ta mère a la solution !

Elle ouvrit son sac et lui tendit une feuille de papier où s'étirait une liste de noms propres à consonance britannique.

— Qu'est-ce que c'est que ça ?

— Les noms de quinze correspondants. Tu choisis celui ou celle que tu veux, tu lui écris en français, il ou elle te répond en anglais, et dans trois mois tu es bilingue !

— Mais je ne les connais pas, ces gens-là, je n'ai rien à leur dire !

Elle l'embrassa sur le front.

— Fais le portrait de ta mère, explique avec quel monstre tu vis, ça te donnera de l'inspiration.

Le sac se referma dans un déclic. Elle était déjà au bout du couloir, la main sur la poignée de la porte d'entrée.

— Maman !

Sans se retourner, elle lui fit un gentil signe d'au revoir.

— Trois mois, mon chéri, pas une minute de plus. Tu verras, tu y arriveras.

Kamo's father

Bilingue, Kamo l'était déjà : français-argot, argot-français, thème et version. L'argot, c'était un héritage de son père.
— La langue de Paname, mon p'tit pote !
Mais il arrive que les pères meurent. À la clinique, le dernier jour, le père de Kamo trouvait encore le moyen d'en rire :
— Pas de pot, j'aurais préféré plus tard, mais c'est maintenant.
La clinique... si blanche !
Sa mère parlait avec un médecin, dans le couloir.
Elle faisait non de la tête, derrière la vitre, non, non et non ! Le médecin baissait les yeux.

Assis au pied du lit, Kamo écoutait les paroles chuchotées de son père… les mots… les derniers.
— Tu verras, elle a son caractère. Une seule recette, la faire rigoler, elle adore. Pour le reste, tu la fermes et tu esgourdes, elle a toujours raison.
— Toujours ?
— Toujours. Elle se goure jamais.

Kamo avait longtemps cru cela vrai (que sa mère ne se trompait jamais). Mais il n'était plus de cet avis.
— Cette fois-ci, elle s'est gourée. Personne ne peut apprendre une langue en trois mois. Personne !
— Mais pourquoi tient-elle tant à ce que tu parles anglais ?
— Prudence d'émigrée. Ma grand-mère s'est tirée de Russie en 23, puis d'Allemagne dix ans après, à cause du moustachu à croix gammée. Du coup, sa fille a appris une bonne dizaine de langues, et elle voudrait que j'en fasse autant, au cas où…

Nous restâmes silencieux un moment. Je parcourais des yeux la liste des correspondants :
Maisie Farange, Gaylord Pentecost, John Trenchard, Catherine Earnshaw, Holden Caufield… et ainsi de suite : quinze noms. Cela se passait au collège. Nous étions en permanence. Le grand Lanthier pencha sa carcasse au-dessus de nous.
— Une liste d'invités ? Tu fais une fête, Kamo ?

– Ta fête à toi, Lanthier, si tu me lâches pas !

Le grand Lanthier se replia comme un accordéon. Moi, je demandai :

– Qu'est-ce que tu vas faire ?

Kamo eut un haussement d'épaules.

– Qu'est-ce que tu veux que je fasse ? Je vais obéir, pardi !

Puis vint un sourire en coin :

– À ma façon…

Sa mère rentra tard, ce soir-là. Kamo était enfermé dans sa chambre.

– Tu es là, mon chéri ?

Elle frappait toujours à la porte de son fils. Ils ne se dérangeaient jamais dans leur travail.

– J'y suis.

Mais il n'alla pas ouvrir.

– Tu ne dînes pas avec moi ?

Il n'avait pas fait les courses. Il n'avait pas préparé le dîner.

– J'écris.

Il entendit un gloussement derrière la porte.

– Un roman ?

Il sourit à son tour. Il aurait préféré aller bavarder et rire avec elle. Il se contenta de répondre :

– Pas du tout, ma petite mère, j'écris à ma correspondante : Miss Catherine Earnshaw. Il reste du rosbeef dans le frigo !

Dear beef

Dear Cathy, chère beef,

C'est comme ça qu'on vous appelle, ici, en France, les Anglais : les rosbeefs ! Paraît que vous êtes des mecs très importants, que la moitié de la planète jacte votre foutue langue. Moi, je trouve que c'est pas une langue : dans chaque phrase on bouffe la moitié des mots, dans chaque mot les trois quarts des syllabes, et dans chaque syllabe les quatre cinquièmes des lettres. Reste tout juste de quoi cracher un télégramme.

Douce Cathy, chère rosbeef, j'ai une grande ambition : être le seul à ne jamais parler l'anglais ! Alors, tu me diras, pourquoi cette bafouille ? À cause de ma mère. Un marché que j'ai passé avec elle. Je me suis fait avoir.

Je suis obligé de respecter le contrat. Et puis mes affaires de famille te regardent pas, occupe-toi de tes oignons.

Salut, chère correspondante. Au cas où t'aurais l'intention d'apprendre le français avec mézigue, achète un gros dico. Le plus gros. Et t'accroche pas trop à la grammaire.

Kamo

PS : Tu voudrais peut-être savoir pourquoi je t'ai choisie, toi ? L'agence a refilé à ma mère une liste de quinze blases. J'y ai lancé mon compas en fermant les mirettes, il s'est planté sur le tien : Earnshaw. En plein dans le E majuscule. T'as rien senti ?

Kamo rédigea l'adresse de son écriture la plus sage (Catherine EARNSHAW, Agence multilingue Babel, boîte postale 723, 75013 Paris), timbra et courut poster l'enveloppe dans la nuit. Le petit déjeuner du lendemain fut le plus gai depuis longtemps. Sa mère s'était levée tôt pour acheter des croissants, et elle partit au travail un peu plus tard que d'habitude. Ils parlèrent de tout, sauf de l'anglais. Kamo promit un gratin dauphinois pour le soir, « avec juste ce qu'il faut de muscade », comme savait le faire son père.

Au collège, il m'expliqua tranquillement :
– Je lui ai promis d'écrire, je l'ai fait. Je ne peux pas promettre qu'on me répondra...

Il fut d'excellente humeur pendant toute la semaine. Le grand Lanthier en profita pour lui faire faire ses devoirs de maths. Arènes, notre professeur de mathématiques, estima que Lanthier progressait. Félicitations d'un côté, légitime fierté de l'autre, la bonne humeur se propagea à la classe tout entière, comme toujours quand Kamo y mettait du sien. Il fit même deux ou trois beaux sourires à Mlle Nahoum, notre prof d'anglais. Elle les lui rendit en l'appelant « my gracious lord ».

Nous l'aimions bien, Mlle Nahoum. Elle appelait le pont-l'évêque « the bridge bishop » et décrétait que tout ce qu'elle aimait était « of thunder. » Nous l'aimions bien : elle défendait les mauvais élèves au conseil de classe. « On n'apprend bien une langue étrangère que si on a quelque chose à y dire. » Voilà ce qu'elle expliquait aux parents inquiets. Moi, j'avais des tas de choses à dire à Mlle Nahoum.

Par exemple, qu'elle ressemblait à Moune ma mère, en aussi jeune et en presque aussi jolie. J'étais fort en anglais. Le premier de la classe.

Une semaine de bonne humeur générale, donc. C'était rare depuis que Kamo avait perdu son père. Une semaine. Je ne sais pas si cela aurait pu durer plus longtemps. Cela s'arrêta le jour où Kamo reçut cette lettre de l'agence Babel : la réponse de Catherine Earnshaw.

Dirty little sick frog

Ce matin-là, il arriva au collège passablement excité.
– Elle a répondu ! On va se marrer !
Il me tendit une enveloppe qu'il n'avait pas encore ouverte.
– Tu seras mon traducteur officiel, OK ?
– Une lettre d'amour ? demanda le grand Lanthier en jaillissant au-dessus de nous.
Nous ne pûmes ouvrir l'enveloppe qu'à la récré de dix heures. Coïncidence : la matinée se déroula sous l'ombre de l'Angleterre. Mlle Nahoum nous fit une superbe description de l'Angleterre victorienne – morale, réverbères, brouillard, machines à vapeur, tuberculose – et nous conseilla de lire

L'Étrange Cas du Dr. Jekyll et de Mr. Hyde, « in english si possible ».

Et Baynac, notre prof d'histoire, traça du républicain Cromwell un portrait qui enthousiasma Kamo.

L'enveloppe de l'agence Babel en contenait une autre, postée d'Angleterre, d'un papier épais, vaguement gris, où nous découvrîmes l'écriture de Catherine Earnshaw. Une écriture nerveuse, tranchante. La plume, par endroits, avait arraché la fibre du papier. Première surprise : en retournant l'enveloppe pour l'ouvrir, nous constatâmes qu'elle n'était pas collée, mais scellée à l'aide d'un petit cachet de cire brune. Kamo retroussa une babine.

– Enveloppe scellée... tu parles d'une bêcheuse ! Ces rosbeefs, faut toujours qu'ils jouent les aristos.

Je fis sauter le cachet d'un coup d'ongle et dépliai la feuille contenue dans l'enveloppe. Elle aussi était d'un papier grossier, épais, comme humide sous mes doigts, et totalement recouverte de la même écriture acérée, brouillonne, les lignes se prolongeant en tournant dans les marges, les points éclaboussant leurs alentours, les majuscules déchirant l'épaisseur du papier, de longues ratures striant des paragraphes entiers, comme des cicatrices violettes (c'était la couleur de son encre : un violet un peu éteint).

Dirty little sick frog

– C'est pas une lettre, c'est un champ de bataille ! murmura Kamo dont les sourcils s'étaient froncés. Bon, alors, qu'est-ce qu'elle dit ?

Il y avait dans sa voix plus d'impatience qu'il n'aurait voulu en mettre.

– Elle t'appelle « dirty little sick frog ».
– Ça veut dire ?
– « Sale petite grenouille malade ».

Kamo partit d'un tel éclat de rire que le grand Lanthier rappliqua du fond de la cour, en trois enjambées.

– Je croyais que c'était une bêcheuse, et je tombe sur une frangine ! Sale petite grenouille malade !... Mais pourquoi grenouille ?

– C'est comme ça que les beefs nous surnomment : mangeurs de grenouilles.

– T'as déjà bouffé des grenouilles, toi ?
– Jamais.
– Continue de traduire ; je sens qu'elle va me plaire, cette petite frangine !

Je lus en silence le premier paragraphe et ne pus m'empêcher de regarder Kamo avant de traduire. Lui ne cachait plus sa curiosité.

– Eh bien, vas-y !

Voici ce qu'écrivait Miss Catherine Earnshaw :

Sale petite grenouille malade,
Vous aimeriez sans doute que je continue sur ce

ton ; je sens que cela vous plairait. Eh bien, non ! je n'ai aucune envie de rire, ni aucune raison de vous amuser.

Vous avez voulu faire l'original, monsieur Kamo (mon Dieu, que les garçons de mon âge sont stupidement enfantins !), mais en laissant tomber votre compas sur mon nom, c'est dans le malheur que vous l'avez planté.

Suivait un paragraphe entièrement raturé. Je levai furtivement les yeux. Kamo ne souriait plus. Le grand Lanthier avait jugé prudent de retourner à pas de loup au fond de la cour. Sur un signe nerveux de mon ami, je me remis à traduire.

Vous me demandez si j'en ai ressenti la blessure. Je l'ignore : le jour où vous avez planté ce compas dans le E majuscule des Earnshaw, j'étais occupée à une autre douleur. Ce jour-là, jour pour jour, mon père était mort depuis deux ans. Le même vent soufflait autour de la maison et rugissait dans la cheminée. (Un temps de tempête, à vrai dire, mais, bien que personne n'eût songé à allumer le feu, je ne ressentais pas le froid.)

J'ai lu votre lettre assise au pied de son fauteuil vide. Vous pouvez juger de l'impression qu'elle m'a faite ! Pourtant, en vous lisant, c'est à moi-même que j'en ai voulu. Votre stupide lettre m'a rappelé que je parlais à mon père sur le même ton arrogant, opposant sans cesse mes petites volontés à son extrême fatigue, *mon désir d'être drôle à son besoin de paix. Enfance imbécile, qui ne voit rien, qui ne sent rien, qui ne sait pas que l'on meurt! Et, le dernier soir, comme j'étais assise à ses pieds, la tête sur ses genoux (cela m'arrivait parfois, pour me faire pardonner des bêtises que je referais pourtant le lendemain), juste avant qu'il ne s'endorme, il me caressa les cheveux et dit : « Pourquoi ne peux-tu toujours être une bonne fille, Cathy ! » Ce furent ses dernières paroles.*

Ici, Kamo m'arracha la lettre des mains.
– Comment c'est, en anglais, cette phrase ?
– Laquelle ?
– Les derniers mots de son père !
Je lui désignai la phrase du doigt : « Why canst thou not always be a good lass, Cathy ? »
– A good lass ? Qu'est-ce que ça veut dire, lass ?
– C'est un mot écossais, on l'a vu avec Mlle Nahoum, ça veut dire « jeune fille » en écossais.
– Continue...

Je n'ai rien d'autre à vous dire. Vous avez envoyé cette lettre comme on jette une pierre par-dessus un mur : il est juste que vous sachiez où elle est tombée.
Ma réponse n'attend rien de vous.

Catherine Earnshaw

Cathy, please, your pardon !

Cet après-midi-là, Kamo ne reparut pas au collège. Tard dans la soirée, il me téléphona pour me supplier de passer chez lui. J'eus toutes les peines du monde à convaincre Pope mon père de me laisser sortir. Mon cahier de textes n'était pas à jour et il venait d'y faire une descente de police. (Ça le prenait parfois, surtout pour vérifier si je n'avais pas une rédaction à faire. Ce n'était pas mon fort, les rédactions.)

– Pope, Kamo a besoin de moi, vraiment !

C'est finalement un regard de Moune ma mère, qui le décida. Et la promesse que je ne rentrerais pas tard. La mère de Kamo m'ouvrit. Je ne l'avais pas vue depuis longtemps. Elle me parut fatiguée. Mais son regard souriait.

Cathy, please, your pardon !

– Ah, c'est toi ? Entre. Kamo est dans sa chambre. Je crois qu'il travaille son anglais.

Elle dit cela tout naturellement, comme si Kamo avait toujours travaillé son anglais.

Il était bien dans sa chambre, mais il ne travaillait pas. Il tournait en rond, pâle, mâchoires serrées, l'œil sombre. Sans un mot, il me tendit une feuille couverte de son écriture.

Pardon, Catherine, oh ! pardonnez-moi, pardon ! Je ne voulais pas vous blesser. Vous avez raison, j'ai lancé cette pierre comme un enfant, en fermant les yeux. Je ne savais pas que vous étiez là ! Je ne suis plus un enfant, pourtant, j'ai quatorze ans, bientôt quinze, je n'ai pas d'excuse.

Catherine, je veux que vous sachiez...

Et il répétait ses regrets, expliquant que cette foutue lettre (il avait barré *foutue* pour le remplacer par stupide), que cette lettre stupide, c'était en quelque sorte à sa propre mère qu'il l'avait écrite, une espèce de jeu entre eux, et qu'il ne voulait blesser personne :

... Surtout pas vous, Catherine, pas vous, surtout !
Et, Cathy, je veux que vous le sachiez, mon père aussi...

Puis il racontait son père, quel ami c'était, la jolie langue de l'argot, comme ils étaient heureux tous les trois quand il était vivant, mais sa maladie, la clinique – « Je ne mettrai jamais de blanc aux murs de ma maison ! » – et les dernières paroles de son père à lui : « Elle se goure jamais » (qu'il prenait la peine de traduire)... Et des excuses, encore... Le tout d'une écriture dont l'affolement rappelait celle de Catherine Earnshaw !

– Tu peux traduire ça en anglais ?

J'étais tellement surpris par ce que je venais de lire que je ne répondis pas tout de suite.

Panique dans son regard :

– Tu ne veux pas ?

Je traduisis tant bien que mal la lettre de Kamo. Penché au-dessus de moi, il surveilla mon travail d'un bout à l'autre.

– « Pardon », pourquoi tu ne traduis pas « pardon » ? Tu as écrit pardon en français !

– C'est le même mot dans les deux langues, Kamo !

– Tu es sûr ? Il n'y a pas quelque chose de plus... un mot moins...

Il marchait en gesticulant :

– Il faut qu'elle comprenne, tu comprends, qu'elle comprenne exactement !

Me too

Cher Kamo,

Vous êtes pardonné, et je dois vous demander pardon à mon tour. Je vous ai traité durement, je le regrette. Il faut dire que votre lettre tombait on ne peut plus mal. Ce triste anniversaire d'abord, et ensuite l'atmosphère qui règne ici depuis que mon frère Hindley dirige la maison. C'est une brute et un faible (oui, une brute faible!) qui torture son entourage parce qu'il est mécontent de lui-même. Avez-vous cela en France? Pour ma part, je doute qu'il existe un autre Hindley sur la surface de l'Empire. Voici une excellente question à poser à notre bon vieux capitaine Cook, n'est-ce pas? « Dites-moi,

James Cook, capitaine, auriez-vous découvert un autre spécimen Hindley aux îles Sandwich ? Non ? Sur les rivages de la Terre-Neuve peut-être ? Ou en Nouvelle-Zélande ? »

Comme vous le voyez, je suis de meilleure humeur, aujourd'hui. Vous voici tout à fait pardonné. Maintenant, je dois vous faire un aveu : moi non plus, je n'avais nullement l'intention d'apprendre une langue étrangère. (À quoi bon, puisque je ne sors jamais d'ici ?) C'est ma belle-sœur Frances qui a communiqué mon nom à cette agence Babel. Pour me désennuyer, prétend-elle. Mais je ne m'ennuie pas ! Je ne me suis jamais ennuyée ! Pour occuper mon esprit serait mieux dire. Oui, ils veulent occuper mon esprit, et faire ainsi que j'en vienne à oublier « H », à le chasser de mes pensées et de mon cœur, à fermer les yeux sur les mauvais traitements que lui inflige Hindley (il l'a battu hier si fort que Joseph lui-même a dû l'arracher à sa fureur. Il l'aurait tué, sinon !).

Chasser « H » de mon esprit ? Autant me demander de m'oublier moi-même ! J'ai commencé par jurer que je n'écrirais à personne. Puis votre lettre est venue. La première fureur passée, j'y ai senti une volonté forte, un caractère proche du mien, dans la colère comme dans le rire, et la possibilité de me confier à un ami qui ne me trahirait pas. Par prudence, je vous ai tout de même fait cette réponse qui vous a tant peiné. Je sais, maintenant, que j'ai un ami. Un ami auquel je pour-

rai parler d'un autre ami. Ici, depuis la disparition de mon père, tout le monde ignore « H » ou le déteste. Acceptez-vous que je vous parle de lui? De la vie que « H » et moi menons dans cette maison, et qui n'est pas drôle, je vous en préviens?

Mon cher Kamo, il sera bien ingrat, ce rôle de confident, sachez-le. Aussi, je vous laisse libre et n'attends aucune réponse.

Catherine

PS : Si toutefois vous deviez me répondre, faites-le en français. Votre anglais laisse beaucoup à désirer. Et puis expliquez-moi ce mystère : vous employez, même dans ma langue, une dizaine de mots dont j'ignore totalement le sens. Vous parlez du « métro » (« dans le métro qui nous ramenait de l'hôpital ») et de « conversations téléphoniques »... Métro? Téléphoniques? Pouvez-vous m'expliquer ces mots-là?

Kamo écouta ma traduction en silence. Son visage se détendait à mesure que je lisais. À la semaine de bonne humeur avait en effet succédé une semaine infernale. Il avait attendu cette lettre dans un état d'impatience et d'angoisse tel que le pauvre Lanthier osait à peine le croiser dans les couloirs.

– Mais qu'est-ce que je t'ai fait, Kamo? Qu'est-ce que je t'ai fait?

Il était tout à fait apaisé, maintenant, radieux

même. Une sorte de bonheur grave. Il laissa passer un moment puis me demanda :

— Pourquoi est-ce que tu me vouvoies ?

— Pardon ?

— Oui, pourquoi est-ce que tu me dis « vous », dans ta traduction ? Cathy peut aussi bien me tutoyer ! You... non ?

Il me regardait fixement. (Un regard bien à lui : à la fois là et ailleurs.)

Je mis un certain temps à lui répondre :

— Mais Kamo, ce n'est pas ce qu'il y a d'important, dans cette lettre !

— Ah bon ? Tu trouves que ce n'est pas important, toi. Ah bon ?

Il eut un petit rire du nez, rangea la lettre dans son enveloppe sans me quitter des yeux.

— Alors, si je me mettais à te vouvoyer, ça ne te paraîtrait pas important ?

Ironie dans la voix. Je savais qu'il était inutile de discuter. Et qu'il était difficile d'arrêter Kamo quand il glissait sur cette pente. Il continua sur le même ton, avec le même regard.

— Elle doit pas être bien fameuse, ta traduction...

Il commençait à me taper sur les nerfs, l'ami Kamo.

— D'ailleurs, tu as vu ce qu'écrit Cathy : ton anglais n'est pas si terrible que ça !

Je venais de gaspiller mon mercredi après-midi à traduire cette lettre – sa lettre ! Aussi, bien posément, la main sur la poignée de la porte – nous étions dans sa chambre – je répondis :
– Va te faire voir, connard, traduis-le toi-même, ton courrier !

My God

Et je ne traduisis plus jamais aucune lettre de Catherine Earnshaw. Kamo s'en chargea lui-même.
Pour apprendre l'anglais, il l'apprit ! Et vite ! Et bien ! Dès qu'il avait une heure libre, il la passait avec Mlle Nahoum.
– Mademoiselle, j'ai trouvé quelque chose à dire en anglais !
Elle ne lui posa pas de question. Quand il voulut payer ses cours particuliers, elle eut un joli refus :
– Vos progrès me paieront, little Kamo.
Elle fut vite payée ! La courbe des notes de Kamo grimpa comme la température en été (brusque été après un long hiver !). Il n'était plus jamais disponible. Toujours fourré dans un coin avec un de ces

My God

énormes dictionnaires que lui offrait sa mère. Il lui en faisait sans cesse acheter de nouveaux.

Rendons-lui cette justice, la mère de Kamo eut la victoire modeste. Inquiète, même :
– Repose-toi un peu, mon chéri, je t'ai demandé d'apprendre l'anglais, je ne t'ai pas demandé de *devenir* anglais !
Comme il ne répondait pas, elle me prenait à témoin :
– Dis-le-lui, toi, qu'il travaille trop ! Emmène-le donc au cinéma.
Puis elle retournait elle-même à ses dossiers. Car elle aussi travaillait de plus en plus tôt pour finir de plus en plus tard. Tout juste s'ils s'entrevoyaient dans une journée. Leurs deux chambres restaient allumées jusqu'à l'aube, Kamo voyageant dans des encyclopédies de langue anglaise, sa mère traitant les dossiers, toujours plus volumineux, qu'elle rapportait du bureau.
Au fond, tout le monde était heureux. Mlle Nahoum, Kamo, sa mère…
Il n'y avait que moi pour m'inquiéter. Faible mot, « m'inquiéter ».
Cette histoire me rongeait le foie, tout bonnement.
Dès la lecture de la deuxième lettre de Catherine Earnshaw, une sorte de signal d'alarme avait

retenti en moi. Il confirmait le malaise où m'avait laissé l'écriture indomptée de la première. Il ne s'éteignit jamais. Au contraire, les semaines passant, il s'amplifia, et ce fut bientôt comme si toutes les sirènes de Londres hurlaient dans ma tête avant le bombardement !

« Qu'est-ce que c'est que cette fille qui ne sait pas ce qu'est le métro et qui ignore l'existence du téléphone ? »

Voilà la première question que je m'étais posée. De nos jours, il fallait vraiment vivre retirée pour ne pas savoir ça !

« À propos, retirée où ? » Dans sa lettre, Catherine Earnshaw disait toujours *« ici »* (*« la vie que nous menons ici »*) sans jamais préciser l'endroit. Et cet ami « H »… Pourquoi juste une initiale ? Ce furent mes premières questions. Inutile de les poser à Kamo dont la grande préoccupation était de savoir s'il était vouvoyé ou tutoyé. Incroyable…

D'après ce que je comprenais de ses discours exaltés, « H » était un enfant trouvé qui vivait dans la famille de Cathy, une sorte de révolté permanent, qui se foutait de tout, n'avait peur de rien et n'aimait qu'un être au monde : Cathy. Plus que « H » lui-même, c'était la puissance de cet amour qui enthousiasmait Kamo.

– Il ferait tout pour elle !

Parfois, quand nous marchions ensemble, Kamo

s'arrêtait pile, en me saisissant le bras. (Une poigne terrible.)

— Tu sais, ce mec, Hindley, le frangin de Cathy, celui qui martyrise «H», tu peux pas savoir le salaud que c'est! Bourré du matin au soir. La semaine dernière, il a balancé son propre fils dans la cage d'escalier. Heureusement, «H» était en dessous et a pu rattraper le bébé au vol.

My God…

King George

Je ne sais pas comment l'idée m'est venue. Comme ça. Une intuition. Un après-midi, je suis allé attendre Baynac, notre professeur d'histoire à la sortie d'un cours et je lui ai demandé :

– Dites, monsieur, l'explorateur James Cook, c'est un type de notre époque ?

Ce prof-là ne riait jamais quand on se trompait. Il corrigeait.

– Non, fin du XVIIIe, il est mort dans les années 1780, tué par les indigènes des îles Sandwich.

J'ai dû changer de figure parce que Baynac m'a demandé, mi-inquiet, mi-rigolard :

– Qu'est-ce qui se passe ? Ça te chagrine à ce

point-là, la mort du capitaine Cook ? C'était un parent à toi ?

Mais je ne l'entendais plus, je revoyais passer sous mes yeux la phrase de Catherine Earnshaw : « *Voici une excellente question à poser à notre bon vieux capitaine Cook, n'est-ce pas ?* »

Une folle ! Qui s'imaginait vivre à la fin du XVIIIe siècle !

Kamo était en train de correspondre avec une pauvre folle qui avait deux siècles de retard ! Pas de métro, pas de téléphone, ça s'expliquait maintenant ! Et le « ici », cette « maison » qu'elle ne nommait jamais, c'était un asile, bien sûr. Une effroyable bâtisse où d'autres cinglés jetaient des bébés tout vivants dans les cages d'escalier ! (À moins qu'elle n'ait inventé ça aussi, la malheureuse. Comme elle aurait inventé cet ami « H », qui ne vivrait que dans son esprit…)

– Kamo, je voudrais relire la toute première lettre de Catherine Earnshaw !

– Tu peux l'appeler Cathy, tu sais…

– Bon, la première lettre de Cathy. Je peux te l'emprunter ?

Il fallut le supplier. Il me la prêta pour un jour seulement.

– Pourquoi veux-tu que ce soit une écriture de folle ? me demanda le docteur Grappe en me rendant la lettre.

C'était le docteur du collège. Je l'aimais beaucoup parce qu'il ne me disait jamais que j'étais le plus petit de la classe. Il disait juste que je n'étais pas le plus grand.

– D'ailleurs, crois-tu vraiment que les fous aient une écriture particulière ?

– Mais ces ratures, ce papier arraché...

– L'émotion, je suppose.

Il m'observait, pensif, derrière ses moustaches rousses.

– Tu te sens bien, toi ? Tu dors convenablement ? Si tu es fatigué, n'hésite pas à venir me voir.

– C'est une très jolie écriture, me dit Moune, mon arrière-grand-mère avait un peu la même.

– Ouh là ! Passion ! Passion ! dit Pope. Écriture passionnée, ça !

J'ai fini par aller trouver M. Pouy, notre professeur de dessin. C'était notre préféré, celui-là. Il avait des cheveux dans tous les sens comme un plumeau après le ménage, des tas de trucs dans les poches, et il nous faisait des cours de dessin où il nous parlait surtout de cinéma. Chacun d'entre nous lui confiait ses ennuis, dans le plus grand secret, croyant être le seul. Il nous écoutait avec une attention incroyable. Ses réponses tombaient toujours juste. Pile ce qu'il fallait dire.

Il regarda d'abord l'enveloppe, longuement.
— Intéressant, dis donc, très intéressant ! Où est-ce que tu t'es procuré ça ?
— C'est à Kamo, monsieur.
Puis il lut la lettre en hochant lentement la tête de haut en bas et en murmurant toutes les trois secondes :
— C'est bien ce que je pensais...
Finalement, il me la rendit et déclara :
— C'est de l'anglais.
J'en restai comme deux ronds de flan. De l'anglais ? Sans blague !
Mais il ajouta :
— De l'anglais du XVIIIe siècle. Une lettre ancienne, écrite à la plume d'oie. Une plume mal taillée qui a déchiré le papier.
Quand j'eus repris ma respiration, je balbutiai :
— Vous voulez dire que cette lettre date du XVIIIe siècle ?
— Il faut croire. D'ailleurs, regarde.
Il retourna l'enveloppe et me montra le cachet de cire resté collé à sa partie mobile. Il portait deux initiales, C et E, entrelacées.
— Le dessin de ces lettres était un motif courant au XVIIIe. Et puis il y a autre chose.
Le soir tombait. Dehors, il commençait à pleuvoir. Nous étions tous les deux seuls dans la salle de dessin. Il alluma les grosses lampes qui pendaient

du plafond, grimpa sur une table et tendit l'enveloppe à bout de bras tout près de l'ampoule.

– Viens voir.

Je montai à côté de lui et me hissai sur la pointe des pieds. Son doigt me désignait une vieille marque circulaire qui apparaissait, par transparence, dans l'épaisseur de l'enveloppe. On y lisait nettement «KING GEORGE III», puis des restes illisibles de lettres ou de chiffres romains, et un début de date : 177... (ou 179...).

– Peut-être un tampon de poste, je ne sais pas. En tout cas, il me semble bien que George III était à cheval sur le XVIIIe et le XIXe, tu vérifieras.

La pluie battait les vitres maintenant. Il y eut un éclair.

– À nous la douche, maugréa M. Pouy en éteignant la lumière.

Il sortit deux chapeaux informes de ses poches (oui, deux, c'était cela les poches de Pouy!) et m'en colla un sur la tête. Je m'entends encore lui demander, comme il fermait à clef la porte de la classe :

– Mais... la personne qui a écrit cette lettre, elle est... morte?

Son éclat de rire résonna dans les couloirs du collège, maintenant déserts.

– Si elle est encore vivante, demande-lui de me donner la recette!

Dream, dream, dream

Sommeil agité, cette nuit-là. J'avais relu pour la centième fois la lettre de Catherine Earnshaw avant de m'endormir, et mes paupières closes avaient gardé la trace de son écriture. Les lettres penchées et tendues tombaient en traits de pluie. Les lignes folles s'effilochaient en marge, comme des nuages déchirés par le vent. Les ratures zébraient le tout d'éclairs violets. J'étais au cœur d'un épouvantable orage, d'autant plus effrayant qu'il était absolument silencieux. Trempé jusqu'aux os, je tenais à la main l'enveloppe de gros papier gris et je cherchais désespérément à déchiffrer l'adresse qu'on y avait inscrite. Mais la pluie dissolvait l'encre qui s'écoulait en larmes sales. J'essayais de retenir chaque lettre, comme s'il y allait de ma vie. Il me fallait cette adresse, il me la fallait ! L'enveloppe était épaisse, humide et froide entre mes doigts. Bientôt, elle se mit à fondre, papier mouillé qui se désagrège. Et il ne me resta plus dans le creux de la main qu'une de ces boules de buvard mâché que le grand Lanthier collait au plafond de la classe dès que les profs avaient le dos tourné. Sans l'adresse, j'étais perdu. Je regardais autour de moi pour chercher mon chemin. C'est alors que je vis, flottant sur un ciel dévasté, le visage transparent de Catherine Earnshaw.

Je me réveillai en hurlant dans les bras de Moune ma mère qui me couvrait de baisers.

– Là, ce n'est rien, c'est fini, juste un petit cauchemar...

Le « petit cauchemar » me secoua si violemment que je restai au lit ce jour-là.

Pope mon père tournait dans ma chambre comme un ours en cage.

– Mais, enfin, qu'est-ce qu'il racontait, ce rêve ?

Il en parlait comme d'un ennemi auquel il allait tordre le cou.

– Je ne m'en souviens plus.

En fait, le visage blême de Catherine Earnshaw flottait encore devant mes yeux, au beau milieu de ma chambre.

– J'ai froid, Pope. Tu ne voudrais pas faire du feu ?

Les flammes jaillirent presque aussitôt, dans la cheminée.

– Tu veux un bon grog ?

– Non, Pope, merci, je vais essayer de dormir.

Pope sortit mais Catherine Earnshaw resta. Si triste, ce visage glacé, si proche, j'aurais pu le toucher ! Au lieu de quoi, je m'en éloignais le plus possible, me recroquevillant au fond de mon lit, contre le mur. « Va-t'en… Va-t'en, je te dis ! » « VA-T'EN ! » Mais elle restait. On aurait dit qu'elle avait trouvé un refuge dans cette chambre. Un instant, j'eus l'impression que ses cheveux mouillés commençaient à sécher. Je ne sais pas pourquoi, ce détail me terrorisa plus que tout le reste. Alors, sautant de mon lit, je saisis sa lettre sur ma table de nuit et la jetai dans le feu. L'enveloppe se gonfla, noircit, puis se racornit tout à coup dans un jaillissement de flammes extraordinairement lumineuses. Et, tandis qu'elle brûlait, le visage soudain tremblant de Catherine Earnshaw s'évapora. De la buée sur une vitre…

J'étais seul, maintenant. Seul, et complètement épuisé. La porte de ma chambre s'ouvrit. Kamo entra.

Depuis que nous étions amis, quand l'un de nous deux tombait malade, l'autre rappliquait immédiatement.

– Rougeole ? Varicelle ? Coqueluche ? Fracture ? Croissance ? Cirrhose ? Flemmingite ?

Le Kamo des grands jours.

— Rien de tout ça, Kamo. Je suis malade de peur.

— Peur de quoi ? Je suis là ! Où est l'ennemi que je lui fasse sa fête ?

— Kamo... Il faut que tu cesses d'écrire à Catherine Earnshaw.

— À Cathy ? Pourquoi ?

— Parce qu'elle est morte depuis deux cents ans.

Jamais aucune réaction ne me surprit davantage que celle de Kamo à ce moment-là. Il souleva les sourcils et répondit simplement :

— Et alors ?

Pas surpris le moins du monde. Au point qu'un soupçon fou me traversa l'esprit.

— Comment... tu le savais ?

— Évidemment, je le savais ! Tu ne crois tout de même pas que je me suis cassé le tronc à apprendre une langue étrangère pour correspondre avec la première vivante venue ?

Une seconde, j'ai pensé qu'il se fichait de moi :

— Et comment l'as-tu appris ?

— M'enfin, quoi, ça crève les yeux ! Des lettres écrites à la plume d'oie, un cachet de cire typique XVIIIe, un vieux tampon KING GEORGE III, et puis le style, mon vieux, le style ! Tiens, montre sa première lettre, tu vas voir...

— Je n'ai plus sa première lettre.

— Pardon ?

– Je l'ai brûlée.

Pope et Moune eurent toutes les peines du monde à m'arracher aux mains de Kamo. Il me secouait si fort que je m'attendais à voir tomber ma tête à ses pieds.

– Mais qu'est-ce qu'il t'a fait ? Qu'est-ce qu'il t'a fait ? Arrête ! hurlait Pope.

– Il m'a fait qu'il vient de foutre au feu une lettre du XVIIIe siècle ! Voilà ce qu'il m'a fait, le salaud !...

Quand Kamo fut parti (on l'entendait encore hurler des injures dans la cour de l'immeuble), Moune se pencha sur moi, sincèrement scandalisée :

– Mais pourquoi as-tu fait une chose pareille, nom d'un chien, qu'est-ce qui t'a pris ? Tu te rends compte ?

– ...

Si je me rendais compte !...

In love

Les disputes sont comme les hivers, on y reste chacun chez soi. Il fut long, cet hiver-là, entre Kamo et moi. Plus un mot, plus un regard, pendant... longtemps, oui !

Comme il était dorénavant le premier en anglais – et de loin ! – la classe attribua notre rupture à la rivalité.

Le grand Lanthier protestait :

– Écoute, tu ne vas pas te fâcher avec Kamo pour une histoire de classement ! Pas toi ! Pas vous !

Il tenait à notre amitié, Lanthier.

– Kamo et toi, on en a besoin, c'est comme... (il cherchait une comparaison), c'est comme, je

In love

ne sais pas, moi, c'est comme... (et il ne la trouvait jamais).

Il n'avait pas vraiment d'amis, le grand Lanthier, il était plutôt l'ami des amis.

D'ailleurs, Kamo ne parlait plus à personne. Même pas à Mlle Nahoum qui ne l'appelait plus autrement que « dark Kamo ». Humeur noire, silences interminables, coups d'œil glacials dès qu'on lui adressait la parole. Et chute libre dans toutes les autres matières. Même en maths ! Même en histoire, qui avait toujours été sa matière préférée. Il séchait les cours, ne rendait pas les devoirs, répondait n'importe quoi aux interrogations. Il était ailleurs, et j'étais le seul à savoir où : deux cents ans en arrière !

Pâle, les traits tirés, il maigrissait de jour en jour, faisait des gestes brefs, saccadés, comme les automates que collectionnait Moune ma mère, et que Pope mon père remettait en état de marche.

Un jour, le grand Lanthier me demanda :

– Il est amoureux, le Kamo, ou quoi ?

– Pope, qu'est-ce que c'est, au juste, être amoureux ?

(Je n'étais pas complètement idiot, j'avais une petite idée sur la question, mais il me fallait une réponse précise.)

Une burette d'huile à la main, Pope leva les yeux de l'automate escrimeur dont il venait de réparer le bras mobile.

– Être amoureux ? Violente décharge d'adrénaline, accélération soudaine du rythme cardio-vasculaire !

Moune étouffa un petit rire.

– Que tu es bête !

– Tu as une meilleure réponse à lui proposer ?

Moune posa son bouquin sur ses genoux.

– Être amoureux ? Vraiment amoureux ? C'est avoir suffisamment de choses à dire à quelqu'un pour passer sa vie avec lui, même en se taisant.

Pope me lança un regard en point d'interrogation. Je revins à la charge.

– Et peut-on être amoureux de quelqu'un qui n'existe pas ?

Là, Pope s'est franchement marré.

– Absolument ! C'est même la cause de tous les divorces !

Je n'ai pas compris. J'ai laissé tomber.

Epidemic

Pendant la récréation, les types qui restent dans leur coin, ça se remarque. Ce qui me frappa d'abord, chez celui-là, c'est qu'il avait exactement le même air « habité » que Kamo. Pas un regard, à personne, jamais. Et toujours assis dans le même coin, le dos appuyé au troisième pilier du préau. Je l'ai observé pendant plusieurs jours. C'était un costaud aux cheveux ras qui trimbalait un sac presque aussi volumineux que lui. Toujours les mêmes gestes : il s'asseyait contre son pilier, ouvrait son cartable, en sortait une montagne de dictionnaires, commençait à les consulter, et bientôt il n'y était plus pour personne. On se battait autour de lui, on l'enjambait comme un obstacle naturel, les ballons et les balles de tennis lui sifflaient aux oreilles, mais il ne bronchait pas, comme s'il était assis dans le silence d'une bibliothèque.

– C'est Raynal, m'expliqua Lanthier, troisième B, on était ensemble il y a deux ans, pas commode !

Je ne savais pas comment l'aborder. Pourtant, quelque chose en moi me l'ordonnait.

Un soir, à la sortie de cinq heures, je le suivis. Il marchait droit devant lui, la tête enfouie dans le col relevé d'un trois-quarts de marin breton. Les passants l'évitaient, il creusait un sillage dans la foule. Moi, je voyais surtout ses épaules qui roulaient comme de lourdes vagues. Finalement, je pris mon courage à deux mains et me mis à marcher à côté de lui. Sans le regarder, je demandai :

– Hé ! Raynal, tu as un correspondant, toi aussi ?

Il s'est arrêté pile. Il a braqué sur moi de petits yeux plissés où brûlait un véritable incendie.

– Comment le sais-tu ?

– Je ne sais pas, je demande...

Sur le moment, j'ai cru qu'il allait me bouffer. Et puis quelque chose a traversé son regard, que j'ai reconnu tout de suite : le besoin de raconter.

– Oui, j'ai un correspondant, un Italien : le neveu du vicomte de Terralba. Il a des problèmes avec son oncle, j'essaye de l'aider. Faut te dire que l'oncle en question, c'est pas de la tarte ! Il s'est fait couper en deux à la guerre. On n'a retrouvé qu'une moitié de lui sur le champ de bataille, qu'on a recousue comme on a pu. Depuis, il est devenu complètement dingue. Un dingue dans le genre féroce. Avec son épée, il coupe en deux tout ce qui se trouve sur son chemin : les fruits, les insectes, les animaux, les fleurs, tout. Son neveu en a une trouille terrible. L'oncle a déjà essayé de le noyer et de l'empoisonner avec des champignons...

J'ai laissé Raynal raconter jusqu'au bout – il racontait bien, la vraie passion. À la fin, je lui ai demandé :

– Qui t'a donné la liste de l'agence ?

– Un copain qui a une correspondante russe. Il est en terminale, mon copain : philosophe.

Le philosophe logeait rue Broca. Il s'appelait Franklin Rist. Il avait seize ou dix-sept ans, une voix basse et grave, des manières douces, mais, sous son calme apparent, les chutes du Niagara en ébullition. Il correspondait avec une certaine Netotchka Niezvanov qui lui envoyait des lettres postées au milieu du siècle dernier, à Saint-Pétersbourg, en Russie. Netotchka vivait avec un beau-père violoniste qui s'adonnait davantage à la vodka qu'au violon et rendait tout le monde responsable de sa déchéance. Elle souffrait, Netotchka, elle souffrait tant que de vraies larmes inondaient le visage de Franklin, le philosophe.

– Je l'aime, tu comprends ?

– Mais, bon sang, Franklin, ELLE N'EXISTE PLUS !

– Et alors ? On voit bien que tu ne sais pas ce que ça veut dire : aimer.

Ce philosophe-là avait entendu parler de l'agence par une de ses camarades de classe, Véronique, qui correspondait avec un certain Gösta Berling, Suédois, ex-pasteur chassé de sa paroisse pour ivrognerie en 1800 et quelque. Gösta Berling faisait les quatre cents coups dans les blanches plaines du Vermland, poursuivi par les loups, en compagnie d'autres proscrits, paillards et rigolards comme lui, mangeurs et buveurs désespérés.

« *Mais je le sais, chère Véronique, c'est vous que je cherche, dans cette folle dissipation, depuis toujours.* »

« *Et c'est vous que j'ai toujours attendu* », répondait Véronique.

« *Quelle malchance de n'être pas du même siècle !* »

« *Oh ! ça oui, quelle déveine !* »

« *Du moins savons-nous que nous avons existé l'un pour l'autre...* »

Voilà le genre de choses qu'ils s'écrivaient. Et Véronique, penchée sur moi, un petit air de bonheur drôle et vaguement moqueur dans ses yeux couleur d'automne, me disait :

– Tu ne peux pas comprendre ça, toi, l'amour, n'est-ce pas ? Tu es trop petit...

De fil en aiguille, j'en ai retrouvé une douzaine,

garçons et filles, tous abonnés à l'agence Babel, tous en relation avec le passé – et dans toutes les langues. Tous complètement ailleurs.

Tous plus Kamo que Kamo...

Jusqu'au jour où je me suis dit : « Non ! Niet ! Assez ! Basta ! Es reicht ! Stop it ! Ça suffit comme ça ! »

Are you my dream, dear Kamo?

Sick frog! (et beaucoup plus sick que tu ne le crois!)
Pas de fausse joie, Kamo, ce n'est pas ta Cathy qui t'écrit, ce n'est que moi. Il faut bien que je t'écrive puisqu'on ne peut plus te parler. À propos de ta Cathy, je te signale que je l'ai rencontrée. Je te la présenterai quand tu voudras. Elle vaut la peine d'être vue, crois-moi.

Salut,
Moi

Je savais que Kamo répondrait à cette lettre. J'en étais certain parce que je la lui avais envoyée dans une des enveloppes utilisées par Catherine

Earnshaw. Même sceau de cire, même cachet postal, une enveloppe rédigée par la même main, à la plume d'oie !

Il me répondit, en effet, le lendemain, en me coinçant contre la rangée de portemanteaux, à la porte du cours de maths.

– Je ne sais pas ce que tu as fait, ni comment tu t'y es pris, mais tu as eu tort !

Il me broyait le bras et son coude me plaquait contre le mur. La tête prise entre deux patères, j'étais obligé de le regarder en face.

– Faut jamais réveiller l'homme qui rêve, il peut devenir fou !

Sa voix sifflait entre ses dents et c'était bien une lueur de folie qui vacillait dans son regard.

L'arrivée de M. Arènes me sauva de justesse.

– Les mathématiques d'abord, jeunes gens, vous vous entre-tuerez ensuite.

Prétextant une migraine, je quittai le cours de maths dix minutes avant la fin et m'évadai du collège par la porte de l'économat. Je plongeai dans le métro et disparus sous Paris pendant deux heures, cherchant à semer un Kamo que je croyais voir partout et qui pourtant ne me suivait pas. Saut dans le wagon à la demi-seconde où la porte se referme, bond sur le quai quand le train roule encore, fuite sonore dans les couloirs, brusques changements de direction, la peur, la vraie. Jusqu'à ce qu'un petit rire muet retentisse en moi, parce qu'il faut bien se calmer enfin.

Il faisait nuit noire quand je cherchai à tâtons le bouton de la minuterie dans le hall de mon immeuble... Ce fut sur une main que je posai la mienne.

Sursaut glacé.

Le plafonnier s'alluma. Kamo se tenait debout devant moi.

– Alors, Cathy, tu me la présentes ?

– Demain, Kamo, demain.

– Tout de suite !

– Mes parents m'attendent.

– Ma mère ne m'attend pas, moi.

Il n'y avait plus trace de folie dans ses yeux. Une volonté dressée comme un mur, c'est tout. Pas moyen de reculer.

Nous sommes ressortis dans la nuit. Silence dans la rue. Silence dans le métro. À croire que la ville entière se taisait. Les stations défilaient. Kamo ne me regardait pas. Je ne regardais pas Kamo. Et puis il a parlé, les yeux braqués devant lui.

Et ce qu'il m'a dit m'a tellement surpris que ma bouche s'est ouverte avec un bruit de ventouse qu'on décolle.

– De toute façon, Cathy m'a demandé de venir la voir.

Ma bouche n'était pas encore refermée qu'il ajoutait :

— J'ai attendu le plus longtemps possible, mais je ne peux plus reculer, maintenant ; elle souffre trop, il faut que j'y aille.

Et il s'est mis à me parler de toutes les lettres que lui avait envoyées Cathy (il les connaissait par cœur !), jusqu'aux dernières, où elle ne parlait que d'une seule chose : la disparition de « H ».

— Parce que « H » a foutu le camp de chez elle, tu savais ça ?

Non, ça, je ne le savais pas.

« H » s'était enfui par un soir de tempête. Cathy avait fini par se lasser de ses révoltes, de ses cheveux hirsutes, de son tempérament sauvage. Elle s'était fait de nouveaux amis, Edgar et Isabelle Linton, bien élevés, eux, bien vêtus, suavement parfumés, et elle avait abandonné « H » à ses guenilles, à sa rage, à lui-même. Il avait disparu dans la nuit et plus personne ne l'avait revu. Maudit hiver 1777, hiver maudit ! Les lettres de Cathy n'étaient plus que de longues lamentations :

« *Ô Kamo ! Kamo ! Nous cessons d'exister en cessant d'être aimés !* »

Elle s'accusait d'avoir « *précipité "H" dans un puits sans fond d'où ne montait aucun appel* »... des phrases de ce genre. Oui, de longues lettres désespérées auxquelles Kamo ne pouvait répondre qu'une seule chose, toujours la même :

« *Je suis là, Cathy, et je suis votre ami.* »

« *Là, dites-vous ! Où cela, s'il vous plaît ! Deux siècles plus loin ?* »

Et une nouvelle vague de chagrin couchait les mots de Cathy les uns contre les autres. (« Il souffle un vent terrible dans ses lettres », disait Kamo.) Des phrases entières, soudain affolées, se bousculaient jusque dans les marges :

« *Je suis méchante, Kamo, si méchante ! Je l'ai été avec mon père, je l'ai été avec " H ", je suis méchante, tout le monde le dit, et tout le monde a raison.* »

« *Non, Cathy, vous n'êtes pas méchante, je le sais bien, moi...* »

« *Oh ! vous, cher Kamo, deux cents années ailleurs... Êtes-vous mon rêve ? Existez-vous seulement ?* »

De lettre en lettre, une douleur que les réponses de Kamo apaisaient de moins en moins, jusqu'au jour où Catherine Earnshaw lui écrivit enfin. (Mon Dieu, cette écriture de pluie violette, presque effacée !)

« *Je ne crois plus en votre existence, cher Kamo, plus assez pour continuer à vous écrire... Si vous existez tel que je vous imagine, je vous en prie, trouvez un moyen, il faut que je vous voie...* »

Et c'était cette dernière lettre que Kamo, maintenant, me brandissait sous le nez, tandis que le métro s'immobilisait en chuintant.

— Tu vois, même sans toi, j'y serais allé ! Alors, où est-ce qu'on descend ?

La question me fit sursauter. Je jetai un regard affolé autour de moi.

— On fait demi-tour, Kamo, tu nous as fait rater la bonne station avec tes conneries !

Sur le quai, je donnai un coup de pied à une poubelle métallique qui sauta du mur et glissa en hurlant. Quelqu'un me traita de voyou. J'étais furieux. Je venais d'écouter Kamo pendant un bon quart d'heure, comme si j'y croyais ! Des larmes avaient rempli les yeux de mon ami et mon propre cœur s'était serré. Une station de plus, et j'aurais pleuré avec lui ! Au fur et à mesure qu'il me récitait ses lettres (et en anglais !) Cathy redevenait pour moi aussi bouleversante que pour lui ! Mais, nom d'un chien, je l'avais vue, moi, Cathy, la vraie ! Je l'avais vue ! en chair et en os ! et entendue !

Wake up, boys and girls!

Voilà : le mercredi précédent, je m'étais planqué dans la poste principale du treizième arrondissement. En faction devant la boîte postale 723 (celle-là même à laquelle Kamo envoyait ses réponses), j'étais bien décidé à repérer la personne qui viendrait chercher le courrier de l'agence Babel. Cela fait, il ne me resterait qu'à la suivre discrètement jusqu'au siège de l'agence proprement dit. J'aurais pu attendre dix ans s'il avait fallu. (Pour donner le change, je feuilletais les annuaires téléphoniques parisiens et régionaux comme si j'avais décidé d'apprendre par cœur les noms de tous les Français.) La plaisanterie avait assez duré. Je n'y croyais plus, moi, à cette histoire de lettres postées dans un autre âge. J'étais décidé à sauver Kamo, malgré lui s'il le fallait. Je ne pouvais plus le laisser glisser vers la folie. Oui, j'aurais pu attendre une éternité devant cette boîte postale de métal gris où, toutes les cinq minutes, tombait une lettre nouvelle.

– Dis donc, ça marche fort pour cette agence Babel !

– Qu'est-ce que c'est, au juste ?

Les commentaires des postiers, s'élevant au-dessus de la muraille des casiers métalliques, ne m'apprenaient pas grand-chose.

– Je ne sais pas, un machin international, il y a des noms de toutes les nationalités sur les enveloppes.

– Une agence matrimoniale, peut-être ? Pour construire l'Europe !

– Hé ! Fernand, tu pourrais peut-être y écrire, pour te trouver une petite femme ?

Les postiers riaient. Les heures passaient. Et puis, à sept heures précises, les guichets claquèrent. J'allais vider les lieux avec les derniers clients, bien décidé à revenir le plus tôt possible, lorsqu'une voix terriblement autoritaire emplit tout le volume de la poste.

– Trop tard ? Comment ça, trop tard ? Non, môssieur, c'est pas trop tard !

Puis des claquements pressés sur le dallage. Un

employé essayait en vain de protester, mais la voix le repoussait :
— Non, môssieur, ça peut pas attendre demain, ça peut pas et ça va pas ! Je travaille, moi !
Un accent parisien à couper au couteau.
— Votre cigarette, madame...
— L'est éteinte, ma cibiche ! Voyez pas qu'elle est éteinte ?
C'est alors qu'elle tourna le coin des cabines téléphoniques. Par-dessous la rangée de bottins, je ne vis d'abord que le chien microscopique et terrorisé qu'elle traînait au bout d'une laisse interminable.
— Les chiens sont interdits dans les édifices publics, madame !
Le postier, lui, était gigantesque. À chaque pas, il manquait d'écraser le petit animal.
— Bibiche est interdit nulle part ! Nulle part, l'est interdit, Bibiche !
Et soudain, je la vis : une toute petite bonne femme d'une soixantaine d'années, aux gestes électriques, aux cheveux roux et furieux, et dont les yeux lançaient des flammes vertes. Nu-pieds dans des babouches qui claquaient sans réplique, elle trimbalait un cabas de ménagère presque aussi grand qu'elle. La cigarette vissée au coin de sa bouche peinte lâchait des paquets de cendre à chaque frémissement de ses lèvres furieuses.

Se hissant sur la pointe des pieds, elle introduisit une clef tremblante dans la serrure de la boîte 723 !

La porte métallique s'ouvrit brutalement. Une avalanche de lettres recouvrit le petit chien.

– Et merde !

Comme je me précipitais pour l'aider, son refus me cloua sur place :

– On touche pas mes lettres. Pas toucher ! Compris ?

Sur quoi, elle jeta les enveloppes par poignées dans le cabas grand ouvert. À l'employé dressé au-dessus d'elle comme une forteresse elle demanda en ricanant :

– Et ça ? C'est pas du travail, tout ça ? Qui c'est qui va le dépouiller, ce courrier ? et y répondre ? C'est vous, peut-être ? Bien trop feignant !

L'espace d'un éclair, je reconnus une enveloppe de Kamo. Une enveloppe remplie d'amour et de désespoir, jetée dans ce cabas comme une livre de haricots verts !

Poor little soul

La plaque de cuivre chevillée au porche disait en majuscules noires : AGENCE DE CORRESPONDANCE BABEL. Le graveur avait précisé, en italique : *Toutes langues européennes.* Le temps que je déchiffre tout, mon apparition de la poste avait déjà atteint le premier étage. Elle grimpait à petits pas vifs, maugréant des imprécations qui concernaient la terre entière, avec une prime spéciale pour les employés de la Poste. Et, toutes les deux ou trois marches, elle s'exclamait :

– Pauvre âme ! Ah ! Ma pauvre petite âme !

Arrivée au palier du cinquième, elle disparut comme par enchantement. Mon oreille se colla d'elle-même aux trois portes de l'étage. À la troisième :

— Tout ce boulot... Pas une vie... ma pauvre petite âme...

C'était là. Je l'entendais maintenant égrener des noms propres et des noms de langue.

— Niezvanov, russe. Iguaran, espagnol. Earnshaw (là, je sursautai), anglais. Berling, suédois...

Pendant cinq bonnes minutes. Puis, silence. Puis :

— Viens, Bibiche, faut quand même prendre le temps de casser la croûte, non ?

En deux bonds, je fus à l'étage supérieur. J'entendis la porte s'ouvrir :

— Soixante-treize, rien que pour aujourd'hui !

Et se refermer. Je redescendis quelques marches et hasardai un coup d'œil entre les barreaux de la rampe. Elle cachait la clef dans la colonne réservée aux employés du gaz.

— Pourra pas durer longtemps comme ça. Ma pauvre petite âme...

Elle fut interrompue par une quinte de toux. Une méchante toux caverneuse de fumeur. Par prudence, je la laissai descendre, raclant et toussant, jusqu'au rez-de-chaussée.

Quelques secondes plus tard, je pénétrais dans les locaux de l'agence Babel. Pénombre. Tabac froid. Personne.

Mon cœur dans ma tête.

Je ne sais pas exactement à quoi je m'attendais, la main sur l'interrupteur, mais, de toute façon, la lumière me révéla autre chose. Pas de bureaux, pas de classeurs métalliques, pas de machines à écrire, pas d'ordinateurs, pas même de téléphone, rien de ce qu'on s'attend à trouver dans le mot « agence ».

Une seule table, une seule chaise, quatre murs couverts de bouquins. Une fenêtre, aux rideaux tirés. Pour éclairer le tout, une ampoule nue, tombant du ciel. Et ce silence... aussi épais que s'il coulait de l'ampoule avec la lumière jaune. J'ai fait un pas en avant. Le sol a crissé sous mes pieds comme un parterre d'automne. Il était recouvert d'un tapis de feuilles froissées. Par endroits, j'y enfonçais jusqu'aux chevilles. Je me suis agenouillé, j'ai déplié une des feuilles : « *Veronika, mitt hjärta, jag svarar så sent på ditt brev...* » Belle écriture élancée. Quelle langue ? Le reste avait été rageusement barré, et la feuille avait rejoint tous les autres brouillons qui jonchaient le sol. Au centre de la pièce, la table semblait émerger d'un moutonnement d'écume. Des enveloppes entassées y faisaient un double rempart. À droite, enveloppes closes des lettres qui n'avaient pas encore été lues. À gauche, enveloppes encore vides des réponses à venir. Et en face de moi (je venais de m'asseoir) un troisième rempart, mais de feuilles vierges. Des tas de feuilles de tous formats et de tous âges. Il y avait là de très vieux parchemins qui crissaient sous mes doigts, de petites feuilles armoriées, légères comme de la dentelle, d'autres si richement enluminées qu'il ne restait pratiquement plus de place pour y écrire... la plus fabuleuse collection de papier à lettres qu'on pût rêver !

Et, au milieu de cette forteresse de papier, des plumes. Plumes d'acier, plumes de bambou, plumes d'oie, certaines si anciennes qu'elles avaient perdu presque toutes leurs barbes. Des plumes, des encriers de toutes les couleurs, des cachets de cire multicolore et toutes sortes de sceaux, des buvards aussi, et de la poudre à sécher dans de bizarres petites salières de bois, toute une papeterie montée du fond des âges pour s'étaler sur cette table parmi les cendriers débordant de mégots et les tasses à café (au moins une dizaine) empilées de guingois à côté de leurs soucoupes poisseuses.

C'était là !

C'était de là que partaient les lettres des siècles passés !

Tout à coup, mon apparition de la poste explosa dans ma tête comme une fusée rousse. Et si elle remontait, elle aussi, de la nuit des temps ? J'avais déjà entendu parler de ce genre d'histoires par une voisine... immortalité, réincarnation... Mais non, les fantômes ne fonctionnent pas au café et ne fument pas trois paquets de clopes par jour !

Mon regard glissa sur les piles d'enveloppes ouvertes où les adresses étaient déjà rédigées. Quel travail ! Elle avait raison, la « pauvre petite âme », à ce rythme, elle y perdrait vite la santé.

La santé…

C'était le visage de Kamo que je revoyais maintenant. Le visage livide de Kamo. La rage de le sauver me reprit aussitôt et, instinctivement, mes yeux cherchèrent le bon papier, la bonne plume, la bonne enveloppe…

Cathy ? Cathy !

– Mais pourquoi m'as-tu envoyé cette lettre, bon Dieu, pourquoi ?

Il s'est brusquement arrêté et me secoue comme un prunier. (C'est la troisième fois depuis que nous sommes sortis du métro.)

– Tu étais malade…

– Je n'étais pas malade, bordel, j'étais heureux ! Heureux, tu sais ce que ça veut dire, heureux ? Heureux, pour la première fois depuis la mort de mon père !

– Mais quelqu'un se foutait de toi, Kamo !

– Rien du tout ! Quelqu'un me faisait rêver. Un rêve extraordinaire. Même la nuit ne peut pas en inventer de plus beaux !

– Mon œil ! Tu y croyais ! Tu devenais dingue !
– Non ! Je savais que c'était un rêve.
– Peut-être, mais tu ne savais plus ce qu'était la réalité.
– La réalité...

Il me lâche soudain, comme si tous ses nerfs se détendaient d'un coup. Puis, ses deux mains sur mes épaules :

– J'espère pour toi qu'elle est à la hauteur de mon rêve, ta réalité, sinon...

Un murmure féroce, qui découvre ses dents.

Et je repense à mon apparition de la poste, la responsable de l'agence Babel, la Cathy de Kamo. Sueur brûlante et sueur glacée. Cathy ! Il me tuera quand il saura. Il me tuera. Pire, peut-être...

Marche après marche. Une véritable montée au supplice.

– Alors ?
– C'est ici.

Il m'écarte et frappe à la porte. Rien. Malheureusement, la clef est bien accrochée dans la colonne à gaz. Et c'est la bonne clef. Et elle ouvre la porte. Et je pénètre avec Kamo dans la pièce. Lumière. Comme la dernière fois : silence, pagaille et tabac froid. Kamo a un long regard circulaire, puis, sans un mot, il se penche, ramasse une feuille qu'il défroisse. On peut y lire une dizaine de fois la même phrase raturée et, en bas de la page, la version définitive : « *Proprio con te, voglio andare a cercare il paese dove non si muore mai.* »

— Bon sang...

Kamo repose la feuille par terre, tout doucement, avec une sorte de respect.

— Tous ces brouillons, tu te rends compte... quel travail !

Je ne me rends compte de rien du tout. Je suis tout oreilles. C'est qu'on monte dans l'escalier. On monte en toussant. Une toux caverneuse de fumeur. Cathy. La Cathy de Kamo. Et je n'ai pas eu le courage de la lui décrire.

— Kamo...

Sa main s'abat sur mon bras. Il me fait signe de me taire. Les pas s'immobilisent sur le palier. J'entends grincer le portillon en fonte de la cachette.

Évidemment, la clef n'y est plus. Je sens une hésitation de l'autre côté de la porte. Je ne vois plus que la poignée. Et, bien sûr, comme au cinéma, la poignée finit par tourner sur elle-même. Et la porte par s'ouvrir. Et ce que nous voyons, Kamo et moi, debout dans l'encadrement, nous laisse muets de stupeur. Ce n'est pas mon apparition de la poste. C'est quelqu'un d'autre. C'est la mère de Kamo. Elle reste là, un sourire amusé aux lèvres.

Elle tient à la main une tasse de café fumant et serre sous son bras une cartouche de cigarettes blondes. Silence. Puis elle dit :

– Le café a débordé, il y en a plein la soucoupe.

Instinctivement, Kamo lui prend la tasse des mains et va la déposer sur la table, à côté de la pile des tasses vides.

Elle ferme la porte et demande :

– Tu sais quel jour nous sommes ?

Son sourire, mi-affectueux, mi-ironique, flotte toujours sur ses lèvres.

– Le quatorze ? Le quinze ?

– Le quinze, mon chéri. Il y a trois mois aujourd'hui que tu t'es mis à l'anglais, jour pour jour.

Ils sont debout l'un en face de l'autre. Ils ne se touchent pas. Mais ils se regardent comme s'ils ne s'étaient pas vus depuis des années. Finalement, Kamo murmure :

– Alors, c'est ça, ton fameux boulot ?

Oui de la tête. Et un petit rire :

– Ici, au moins, je ne m'engueule avec personne, je travaille seule ; l'agence Babel : c'est moi.

D'un geste las, elle jette les cigarettes sur la table. Puis elle se laisse tomber sur sa chaise.

– Tu fumes trop.

– Je fume trop, je bois trop de café, je travaille trop, et je parle trop de langues étrangères.

Cathy ? Cathy !

Il n'y a plus d'ironie dans son regard, rien que le sourire. L'air de quelqu'un qui est heureux de prendre un moment de récréation, ni plus ni moins.

Quant à Kamo, je ne m'explique pas son calme. On dirait que, venant de sa mère, rien ne peut l'étonner. Il y a pourtant de l'admiration dans sa voix, quand il finit par demander, en anglais :

– So, you are my Cathy ?

– Ah ! non, Cathy, ce n'est pas moi.

Pendant une seconde, elle jouit de notre silence éberlué. Puis :

– Ce n'est pas moi, mais je vais te la présenter.

Elle se lève avec effort, traverse la pièce en soulevant des vagues de papier froissé et prend un livre dans la bibliothèque.

– La voilà, ta Cathy.

Kamo et moi avons le même mouvement vers le livre tendu. C'est un vieux bouquin aux feuilles jaunies par le temps, relié de cuir bleu, et qui porte son titre en lettres d'or : WUTHERING HEIGHTS, et le nom de l'auteur en anglaise délicate : Emily Brontë. Édition originale : 1847.

– *Les Hauts de Hurlevent...*

– Oui, je n'ai rien inventé, Cathy est l'héroïne de ce roman, lis-le, il est à toi. Et si tu peux en faire une bonne traduction...

Mais Kamo est déjà plongé dans le livre.

Moi, je parcours la bibliothèque des yeux. Apparemment, il y a là tous les plus beaux romans du monde. J'en saisis un au hasard, italien : *Il visconte dimezzato*, *Le Vicomte pourfendu*, et j'y trouve le nom du vicomte Médard de Terralba, celui qui s'est fait couper en deux par un boulet turc. Le vicomte de Terralba... « un dingue dans le genre féroce »... Je revois aussitôt le visage passionné de Raynal me racontant l'histoire de ce type qui coupait tout en deux parce qu'il n'était plus que la moitié de lui-même. Il faut croire que la même question nous vient à l'esprit en même temps, puisque au moment où je vais la poser Kamo demande :

— Mais les autres correspondants ?...

— Ils ne sont pas plus bêtes que toi, mon chéri : ils finissent tous par faire le guet à la poste, ils suivent mon amie Simone, la concierge (qui m'apporte mon courrier, me fait du café et m'appelle sa « pauvre petite âme »), ils découvrent la cachette de la clef, bref, ils débarquent ici quand ils sont parfaitement bilingues et que leurs correspondants les appellent au secours ; comme toi.

Maintenant, les questions se bousculent sur nos lèvres. Mais elle nous pousse doucement vers la porte.

— Plus tard, messieurs, plus tard ; pour l'instant, j'ai du travail par-dessus la tête.

Et, comme nous sommes sur le palier :
– Kamo ! Si tu nous faisais tout de même un petit gratin dauphinois, ce soir ? Je rentrerai dans une heure ou deux.

L'évasion de Kamo

Pour Sarah-Marie

La bécane héroïque

– Pas question que je monte là-dessus, déclara Kamo.

Il tenait la bicyclette à distance, du bout des doigts, avec une moue de dégoût, comme si elle eût été enduite de confiture.

– Ah, non ? et pourquoi ?

Kamo me jeta un bref coup d'œil, hésita une seconde, et répondit :

– Parce que.

– Tu ne sais pas monter à bicyclette ?

Là, il eut son sourire méprisant :

– Il y a des tas de choses que je ne sais pas faire. Je ne connaissais pas un mot d'anglais, l'année dernière, tu te rappelles ? J'ai appris en trois mois[1]. Alors le vélo...

— Eh bien, justement, tu vas apprendre en deux heures.

— Non, je n'apprendrai pas.

— Pourquoi ?

— Ça me regarde.

Patience. Je connaissais mon Kamo, ce n'était pas le moment de l'énerver.

— Kamo, Pope a réparé cette bécane spécialement pour toi.

Il fronça les sourcils.

— Je suis désolé.

— Une bécane historique, Kamo. Elle a fait la Résistance. Elle a même échappé à une embuscade des Allemands. Tiens, regarde.

Un genou à terre, je lui montrai les deux impacts de balle. L'une avait perforé le cadre (juste entre le mollet et la cuisse de grand-père qui n'avait jamais pédalé aussi vite de sa vie), l'autre avait troué le garde-boue arrière (grand-père était passé...). Pope, mon père, n'avait pas voulu réparer les dégâts. Il pensait que ces traces héroïques plairaient à Kamo.

— Je suis désolé pour ton père vraiment, mais je ne monterai pas sur cette bicyclette.

---

1. Lire *Kamo, l'agence Babel*.

– Tu préfères la mienne ?

Oui, c'était peut-être plus facile pour un débutant, la mienne, toute neuve, légère comme une gazelle, trente-six mille braquets...

– Tu préfères la mienne ? C'est ça ?

– Ni la tienne ni aucune autre, je ne monterai jamais sur un vélo, c'est tout.

– Tu as fait un vœu, ou quoi ? Il y a plus d'un milliard de Chinois qui font du vélo, alors pourquoi pas toi ? Tu veux te distinguer, une fois de plus ?

Et voilà, je commençais à m'énerver. Pope, mon père, avait passé des heures à remettre à neuf la bicyclette en question, spécialement pour Kamo. Une splendide machine tchécoslovaque d'avant-guerre, avec des freins à tige et des garde-boue chromés comme des pare-chocs de Buick. Une vraie merveille... Le plus calmement possible, j'expliquai :

– Kamo, ici, dans le Vercors, au printemps, Pope, Moune et moi, notre seule distraction, ce sont les balades à vélo, tu comprends ? On passe des journées entières dehors. On pique-nique. C'est l'activité familiale, depuis que je suis tout petit, et j'aime ça.

Il devait tout de même y avoir de la colère dans ma voix, parce qu'il a lâché la bicyclette et s'est retourné vers moi, doigt tendu :

– Écoute, toi, je ne suis plus un gamin et je ne

suis pas en train de faire un caprice. Je ne saurais pas t'expliquer pourquoi mais jamais de ma vie je ne monterai sur un vélo, c'est tout. Et je ne veux déranger personne. Allez vous balader comme d'habitude tous les trois, je vous attendrai ici et je vous ferai la bouffe pour le soir.

Il eut tout de même un sourire.

— Ne t'inquiète pas, tu me connais ? Je ne m'ennuie jamais...

C'est bien ainsi que les choses se passèrent. Du moins la première semaine. Pope, mon père, Moune, ma mère, et moi (eux sur leur tandem, moi sur ma bécane), on se faisait les monts, on se faisait les vallons, on se dénichait les petites sources moussues de nos vacances et on rentrait le soir à la maison, fourbus-moulus comme ceux de la ville quand ils retrouvent la montagne. La maison sentait le gratin dauphinois, la maison sentait le potage à l'oseille, la maison sentait le poulet aux écrevisses, la maison sentait la cuisine de Kamo.

— Ce gosse-là, c'est un vrai cordon-bleu, disait Pope.

— Aucun mérite, répondait Kamo, mon père était cuistot dans sa jeunesse.

Parfois, la maison sentait aussi le plâtre frais, ou la peinture.

— J'ai attaqué le grenier, aujourd'hui, annonçait Kamo, il partait par la toiture.

— Ton père était aussi dans le bâtiment ? demandait Pope.

— Mon père savait tout faire.

Son père était mort quelques années plus tôt. Mort à l'hôpital, après avoir lâché une dernière plaisanterie.

— Même ça, il a su faire, murmurait Kamo, mourir, il a su.

Petite belote après le dîner, ou scrabble (Pope perdait beaucoup et Moune gagnait souvent). Nous ne nous retrouvions vraiment, Kamo et moi, qu'une fois la maison devenue silencieuse, nuit bien tombée, dans notre chambre. Les polochons s'envolaient aussitôt. Kamo avait le muscle pour lui, mais j'étais rapide. L'essentiel, dans la bataille de polochons, c'est l'esquive : attirer l'autre comme si on était une proie facile, esquiver, et frapper en contre. La tête de Kamo résonnait comme un tambour et vibrait comme un sac de punching-ball. Il titubait sur des genoux devenus liquides mais, au moment où, polochon brandi, je m'apprêtais à l'achever, il se détendait comme un ressort, son arme de plumes me cueillait au menton et m'envoyait valdinguer à l'autre bout de la chambre. Nous assommer mutuellement, c'était notre façon de nous endormir.

Nous parlions, aussi. Il n'y a rien de mieux que de parler, quand les lumières se sont éteintes. Un

soir (un des tout premiers soirs de ces vacances), la voix de Kamo s'éleva dans la nuit de la chambre…
— Elle n'aurait pas dû me faire ça, dit-il.
(Qui ça, « elle » ? Et lui faire quoi ?) Comme s'il avait deviné mes questions, Kamo précisa :
— Ma mère, elle n'aurait pas dû y aller sans moi.
Ah, oui ! C'était pour cela qu'il passait ses vacances de Pâques avec nous. Sa mère avait entrepris un voyage immense. La Grèce d'abord, tous les Balkans, et la Russie ensuite. À la recherche de ses ancêtres. « Il faut que je retrouve mes sources. » C'était ce qu'elle avait expliqué à son fils. Et elle avait confié Kamo à mes parents. Pour quelques mois.
— Ses « sources », comme elle dit, ce sont aussi mes racines, non ? Elle aurait pu m'emmener !
La mère de Kamo venait de partout. De Grèce par sa grand-mère, de Géorgie par son grand-père, d'Allemagne par son père (un coiffeur juif qui avait épousé la fille du Géorgien et de la Grecque et qui, dans les années trente, avait dû fuir les persécutions du « dingue à moustaches gammées » comme disait Kamo). Issue de tant d'horizons, elle-même naturalisée française, la mère de Kamo parlait quantité de langues mais ne se sentait vraiment de nulle part. Ou plutôt, comme l'expliquait Kamo, elle changeait de nationalité comme on change d'humeur, au moindre coup de vent, et avec sincérité.

– Sans blague, elle s'endort française et elle se réveille russe !

Résultat, lorsqu'elle se sentait un peu trop allemande, un peu trop juive, un peu trop grecque, la mère de Kamo partait en quête de ses ancêtres, dans un de ses innombrables pays d'origine. Si le voyage était bref et s'il coïncidait avec une période de vacances, elle emmenait Kamo. Sinon, elle le laissait derrière elle, furieux.

– Son grand-père russe, sa grand-mère grecque, après tout, ce sont mes arrière-grands-parents...

– Il y a l'école, Kamo, et elle est partie pour trois mois.

– Au cul, l'école ! Et les Balkans, et la Russie, c'est pas une belle école, ça ?

Bref, ainsi allaient les choses : Pope, Moune et moi sur nos machines à deux roues, Kamo jouant les cuistots à la maison.

Tout de même, cette histoire de bécane me tracassait. Aussi loin que je me souvenais (on se connaissait depuis la crèche, Kamo et moi) Kamo n'avait jamais eu peur de rien. Était-il possible qu'il eût la trouille de grimper sur une bicyclette ?

– Ça s'appelle une phobie, m'expliqua Pope.

– Une phobie ?

– Une phobie. Une peur irraisonnée. Un type est capable de tout, il peut entrer tout nu dans la cage aux lions, grimper l'Everest sur les mains, discuter une nuit entière avec le fantôme de son percepteur, mais tu lui montres une minuscule araignée et il tombe dans les pommes. Voilà, c'est ça, une phobie. Ton Kamo a la phobie du vélo, c'est tout.

— Et toi, Pope, tu as des phobies ?

— Jamais eu la moindre phobie, moi ; super-Pope !

— Super-menteur, oui, intervint Moune en riant, Pope avait la phobie de Crastaing, ton prof de français quand tu étais en sixième, tu te souviens ?

Vers la fin de la première semaine, je fus réveillé en pleine nuit par un de ces coups de tonnerre qui font rentrer les chiens sous terre. Les volets clos de ma chambre se découpaient sur des lueurs de flash. La maison était au cœur d'un orage. À côté du mien, le lit de Kamo était vide. J'ai d'abord pensé qu'il était allé boire un coup à la cuisine et je me suis rendormi. Mais, quand je me suis réveillé pour la seconde fois, Kamo n'était pas revenu. Inquiétude, robe de chambre et charentaises. L'orage nous secouait toujours. En descendant l'escalier de bois j'eus la sensation de pénétrer dans une grosse caisse sur laquelle s'acharnait un dingue de la batterie. Pas de Kamo à la cuisine. Ni nulle part ailleurs dans la maison qui s'allumait et s'éteignait aux rythmes du batteur fou. Et j'ai ouvert la porte d'entrée.

Douché! Trempé de la tête aux pieds en une seconde.

– Kamo! Salaud!

J'ai foncé devant moi, aveuglé, poings tendus, persuadé qu'il m'avait fait le coup de l'embuscade au seau d'eau. Mais ce n'était pas Kamo. C'était la pluie. Une pluie drue et glaciale; jetée en paquets contre la maison par un vent à défoncer les murs. J'étais donc là, bras ballants dans l'orage, dégouttant comme une serpillière, quand je le vis.

De l'autre côté de la cour, sous le hangar à bois, Kamo était accroupi, semblable, dans son immobilité, à la vieille souche sur laquelle Pope fendait les bûches. Les éclairs le découpaient dans la nuit. Et, devant Kamo, à chaque explosion de lumière, luisaient les garde-boue de la bicyclette tchécoslovaque.

– Kamo!

Il se retourna. Son visage ruisselait. On aurait pu croire que c'étaient des larmes.

– Viens, tu vas attraper la crève.

Il ne fit aucune difficulté à me suivre dans la salle de bains où nous nous séchâmes avant de nous recoucher.

Maintenant, nous nous taisions. Kamo regardait le plafond de la chambre avec la même fixité que, tout à l'heure, la bicyclette. Je finis par murmurer:

– Elle te flanque une sacrée peur, hein?

Il ne répondit pas, d'abord. Il laissa même passer un bon moment. Puis, il dit :
— Non.
L'orage s'était éloigné. Clair de lune. La maison s'illuminait en silence.
— Non. Elle me flanque une peur sacrée, ce n'est pas pareil.
Nouveau silence. Puis :
— Elle est triste, tu ne trouves pas ?
Non, je ne trouvais pas. Je ne voyais pas comment une bicyclette pouvait être triste.
Kamo dit encore :
— Elle est triste comme un amour perdu...
Quand je me décidai enfin à lui demander ce qu'il voulait dire, il était trop tard ; Kamo s'était endormi. Et tous les orages du monde n'auraient pu le réveiller.

Kamo et Mélissi

Le miracle se produisit vers la fin de nos vacances. Enfin, le miracle... disons l'événement le plus inattendu de cette partie du monde.

Pope, Moune et moi pique-niquions dans la vallée de Loscence. Ce n'était pas très loin de la maison. Kamo, s'il le voulait, pourrait nous y rejoindre à pied.

– Si j'ai le temps ; je dois enduire le grenier.

– Quand tu auras fini avec le grenier, avait dit Pope en riant, descends donc à la cave, j'y ai repéré des fissures, et quand tu auras retapé toute la maison, attaque-toi au monde, il a bien besoin d'être reconstruit, lui aussi !

– Mon arrière-grand-père, le Russe, a déjà

essayé de le reconstruire une fois, répondit Kamo très sérieusement.

Et il ajouta :

– Ça n'a pas trop bien marché, d'ailleurs...

Plus tard, en mastiquant d'un air pensif, Pope avait lâché :

– Il est inouï, ce garçon, il sait vraiment tout faire !

– C'est depuis qu'il vit seul avec sa mère, expliqua Moune.

Bref, c'était la fin du déjeuner, et nous étions là, sur l'herbe jaune, à bavarder dans l'admiration de Kamo. Pope avait ouvert la bouteille Thermos et le parfum de notre café était en train de s'emparer du Vercors quand Moune s'écria :

– Regardez !

Nos regards suivirent son doigt tendu, au bout duquel, là-bas, un cycliste était sorti de la route pour dévaler vers nous à travers champs. Il godillait entre les rochers, sautait les bosses comme un cheval de rodéo. Les garde-boue de sa bicyclette lançaient des messages chaque fois qu'ils captaient le soleil.

– Nom de nom, murmura Pope, il va se...

Mais la bicyclette retombait toujours d'aplomb sur l'herbe, zigzaguant, s'envolant de nouveau, atterrissant encore, tout cela dans le grincement des ressorts, les gémissements de la selle,

les tintements de la sonnette et les hurlements de Kamo qui, dès qu'il fut assez près, se mit à crier :
– Elle a téléphoné ! Elle a téléphoné !
Ce vélo noir à crinière éclatante, c'était vraiment le mustang fou cherchant à expédier son cow-boy sur la lune !
– Attention ! cria Pope en se dressant de toute sa taille, freine !
Et Pope se mit à gesticuler comme un de ces types à casquettes phosphorescentes, sur les porte-avions, quand le zinc donne l'impression qu'il va tomber dans la flotte.
– Arrête-toi !
Moune et moi battions l'air tout comme Pope. Kamo devait prendre ça pour des applaudissements parce que, au lieu de ralentir, il lâcha le guidon et, au plus fort de sa vitesse, fit les gestes du vainqueur devant la foule en délire. La bicyclette tchécoslovaque s'envola une dernière fois... Au lieu de retomber sur le sol, elle plongea dans la barrière de barbelés que nous avions tous vue mais que la dernière butte d'herbes folles avait cachée au regard de Kamo. Et Kamo continua sans sa monture, bras écartés dans l'espace, comme quelqu'un qui aurait enfin découvert le truc des oiseaux. Seulement, ce n'était pas exactement un oiseau. C'était un adolescent plutôt râblé, qui pesait déjà un bon poids, et qui vint s'écraser lourdement sur les restes de

notre pique-nique. Cris, précipitation, trois têtes penchées, six mains tendues, mais Kamo ouvre les yeux et répète, avec un sourire béat :

— Elle a téléphoné.

Sa mère l'avait appelé de Gori, province de Tiflis, Géorgie, ex-U.R.S.S.

— J'étais là-haut, en train de repeindre la lucarne du grenier et je me suis dit qu'il était temps d'aller préparer le civet pour ce soir. Bon, je descends à la cuisine, et qu'est-ce que je vois, collé à la porte, pendant que je dépiote mon lapin ? Un avis de la poste. Avis d'appel téléphonique. À mon nom ! Je regarde l'heure : 13 h 45. Le lieu : poste de La Chapelle-en-Vercors. Il me restait tout juste dix minutes. Impossible d'y aller à pied, je serais jamais arrivé à l'heure. Ma première idée, ça a été d'emprunter la bagnole de ton père. Pédales, changement de vitesse, volant, ça doit pas être bien sorcier... Mais j'ai pas trouvé les clefs du premier coup d'œil et je n'avais pas le temps de chercher. C'est alors que j'ai pensé a la bicyclette. Je lui ai littéralement sauté dessus. Elle ne me faisait plus peur, tu peux me croire ! Ma parole, ma mère m'appelait du bout du monde, ce n'était pas une vulgaire bécane qui allait m'empêcher de répondre à l'appel. Pendant que je pédalais vers la poste de La Chapelle, j'ai repensé à une histoire que nous avait racontée le grand Lanthier, l'année dernière.

Tu sais, l'histoire de cet oncle à lui (il a toujours un tas d'oncles, de cousins, ou de copains de cousins qui ont fait des trucs extraordinaires, le grand Lanthier) bref, l'histoire de cet oncle à lui qui cherchait des papillons rarissimes dans la forêt amazonienne. Et tac ! voilà que l'oncle se fait piquer par un serpent – une de ces saloperies hypervenimeuses qui vous expédient un type en moins d'une minute. L'oncle se précipite sur sa trousse de secours, sort le sérum antivenin qu'il trimbalait toujours avec lui, et se rue sur le mode d'emploi. Manque de pot, la notice était écrite en portugais et le pauvre oncle ne parlait pas un mot de portugais ! Mais alors, « miracle ! » affirme le grand Lanthier, l'oncle comprend ce qui est écrit devant ses yeux brûlants de fièvre, comme si toutes les flammes de la Pentecôte lui étaient tombées d'un seul coup sur la tête ! Et il se fait la piqûre, et il est sauvé, et, aujourd'hui encore, conclut le grand Lanthier, l'oncle parle couramment le portugais, comme si c'était sa langue maternelle !

Nous nous sommes bien foutus de lui quand il nous a raconté ça, tu te rappelles ? Eh bien, on a eu tort. Voilà ce que je me suis dit, en fonçant vers La Chapelle, sur cette bicyclette : parce que c'était exactement comme si j'avais pédalé toute ma vie !

Oui, la mère de Kamo avait appelé de Gori, province de Tiflis.

– C'est là qu'est né son grand-père, à Gori.
– C'est-à-dire, ton arrière-grand-père à toi ?
– Oui, mon arrière-grand-père. Il s'appelait Semion Archakovitch Ter Petrossian.

Silence, dans notre chambre.

– Mais on l'appelait autrement, dit Kamo.

C'était la bonne heure de la nuit, l'heure des confidences qui n'en finissent pas.

– On l'appelait Kamo.
– Kamo ? Comme toi ?
– Comme moi.
– Et ton arrière-grand-mère ?
– La Grecque ? Elle s'appelait Mélissi.
– C'est joli.
– Mélissi… elle était chanteuse. Kamo l'avait rencontrée à Athènes, en 1912.
– Tu l'as connue ?
– Non, mais j'ai connu sa fille, ma grand-mère. Elle m'a raconté beaucoup de choses à propos de Kamo, l'autre, le vrai. Il se bagarrait contre les Cosaques, il s'évadait de toutes les prisons ! Une sorte de Cartouche, de Mandrin, ou de Robin des bois, si tu préfères.
– Comment se fait-il qu'on t'ait donné son nom ?
– Un souhait de l'arrière-grand-mère Mélissi. Elle voulait que le premier garçon de sa descendance s'appelle Kamo, comme son Kamo à elle. Ils s'étaient beaucoup aimés.

– Et le premier garçon, c'était toi ?

– Oui, Mélissi a mis une fille au monde, ma grand-mère. Ma grand-mère a fabriqué ma mère avec son mari, l'Allemand, et ma mère m'a fabriqué, moi. J'étais le premier garçon depuis l'autre Kamo. Depuis 1912 !

– Kamo, ça veut dire quelque chose, comme nom ?

– Ça veut dire « fleur », en géorgien. Et Mélissi, en grec, tu sais ce que ça veut dire ? C'est ça le plus beau : ça veut dire « l'abeille ».

Silence.

Puis, la voix de Kamo, murmurant dans un sourire :

– Mélissi et Kamo... les amours de l'abeille et de la fleur.

La bicyclette tchécoslovaque avait vaillamment tenu le coup. Seul le nez de Kamo s'était un peu aplati. Fini le grenier, finie la cuisine, il nous suivait partout, à présent. Il était de toutes nos promenades.

– Et qu'est-ce qu'on va manger ? disait Pope, et qui va repeindre la maison, cirer le parquet, retourner le potager, laver le linge, repriser nos chaussettes ?

Moune riait dans le vent :

– Tais-toi, Thénardier, et pédale !

Ce que Kamo faisait faire à sa bicyclette...

incroyable ! Il n'aurait pas été plus à l'aise s'il avait fait du vélo toute sa vie. Mieux, ce vieux clou tchécoslovaque, lourd et grinçant, à l'énorme phare et aux garde-boue rutilants comme une bagnole d'avant-guerre, devenait vraiment un fauve apprivoisé entre les mains de Kamo. À chaque accélération il nous laissait sur place, moi et mon vélo de race, profilé comme une lame de rasoir. Oui, il me doublait à toute allure, puis, le premier virage passé, il s'arrêtait pile, faisait demi-tour en se cabrant sur sa roue arrière, et me croisait alors que j'étais en train de le poursuivre ! Pas possible... il devait y avoir un moteur à réaction planqué quelque part sous ce tas de ferraille !

– Kamo, on échange !

Il me prêtait volontiers son bolide mais, à peine l'avais-je enfourchée que la bécane perdait toute sa puissance. Exactement comme si on avait greffé une paire de pédales sur un quinze tonnes !

– Te fatigue pas, disait Kamo, elle n'obéit qu'à moi !

– Ce môme est fort comme deux Turcs, disait Pope.

Un des derniers soirs, je lui demandai :
– Et ta peur, Kamo ?
– Quelle peur ?
– Ta phobie du vélo, ta « peur sacrée » ?

Il réfléchit un moment et dit :

– C'est comme un rêve, un rêve que j'aurais oublié.

Un peu plus tard, il dit :

– Tu sais, le grand Lanthier...

– Oui ?

– Eh bien, je crois qu'il est moins con qu'il en a l'air.

Il laissa passer un bon moment avant d'ajouter :

– La nécessité nous fait vraiment faire des choses extraordinaires !

Là, je rigolai doucement :

– Monter sur un vélo, par exemple.

Mais Kamo ne riait pas.

– Oui, monter sur un vélo, quand quelque chose, en nous, hurle qu'il ne faut pas le faire...

– Tu crois aux pressentiments, Kamo ?

Silence. Puis Kamo répondit :

– Si César avait écouté les oracles, il ne se serait pas fait trouer la panse par ses anciens copains.

Et encore :

– Si Henri II avait obéi à Catherine de Médicis, sa femme, il ne se serait jamais fait dégommer à ce tournoi...

– Un coup de lance dans l'œil.

– Oui. Ressorti par l'oreille.

– Des heures pour mourir.

– Il a pas dû rigoler.

– Tu parles...

(Quand j'y repense, elles étaient vraiment chouettes, ces discussions nocturnes…)

– En tout cas, dit Kamo, mes pressentiments à moi ne se sont pas réalisés.

On entendit le cri d'une chouette, au loin, et le ronflement d'un moteur qui montait de la vallée.

– Quand est-ce qu'elle te rappellera, ta mère ?

– Pas avant un mois.

– Si longtemps ?

– Elle aime avoir l'esprit libre, quand elle voyage.

Il n'y avait plus aucun reproche dans sa voix. Toujours cette même admiration, quand il parlait de sa mère.

– Kamo ?

– Oui ?

– Qu'est-ce que tu voulais dire, l'autre jour, quand tu disais que ton arrière-grand-père, l'autre Kamo, avait déjà voulu reconstruire le monde, et que le résultat n'était pas si terrible que ça ?

– La Révolution, répondit Kamo. La révolution russe. C'était un révolutionnaire. Une espèce de Robin des bois au service de la Révolution.

Il y eut un long silence. Puis, Kamo dit encore :

– C'est ce qui les a séparés, avec Mélissi l'Abeille.

– Pourquoi ? Elle ne partageait pas ses idées ?

– Non, ce n'est pas ça.

Cette chouette dont le hululement se rapprochait faisait toujours son nid chez nous, à la fin des vacances de Pâques, la veille de notre départ.

– C'est autre chose, dit Kamo. Je crois qu'il n'y a pas assez de place pour deux passions dans le cœur d'un révolutionnaire.

Et, longtemps après, dans la nuit, je l'entendis murmurer :

– Il aurait dû choisir Mélissi.

Le drame

C'est Pope qui fut « à l'origine du drame », comme on dit dans les journaux. Ou plutôt, Pope, mon père, se reprocha longtemps sa responsabilité dans ce qui suivit. Moi, je pense qu'il n'y était pour rien. Et si je devais désigner un responsable, je dirais que c'est l'Histoire. Oui, l'Histoire avec un grand H, celle que nous enseignent les profs, celle qu'on trouve dans les livres, celle qui se dépose goutte à goutte et nous fait une mémoire beaucoup plus vieille que nous, l'Histoire que nous bâtissons, aussi, nous autres, tous les jours, sans en avoir l'air, et qui s'appelle « la vie », avant de devenir l'Histoire.

Nous étions sur le départ. La voiture était

chargée. Une voiture familiale, avec un coffre qui aurait pu contenir un bœuf. Toutes nos valises et tous nos sacs y tenaient largement. Pourtant, Pope avait vissé une galerie sur le toit. J'ai demandé pourquoi cette galerie, et Pope s'est frappé le front avec l'air de celui qui se souvient tout à coup.

– Bon Dieu, c'est vrai, j'avais oublié !

Puis, il a crié :

– Kamo, apporte donc les vélos, s'il te plaît !

– « Les » vélos ? a demandé Kamo.

– Eh bien, oui, le tien et celui de ton copain.

C'est ainsi que Pope donna la bicyclette tchécoslovaque à mon ami Kamo. Probablement un vrai sacrifice pour Pope, car c'était la bicyclette de son père, la bécane héroïque, celle qui avait fait la Résistance, une relique familiale. Quant à Kamo, il ne savait trop comment remercier, mais son regard parlait pour lui.

Plus tard, je sus que Moune, ma mère, n'avait pas été d'accord pour rapatrier les vélos à Paris. « Trop dangereux », disait-elle. Mais Pope l'avait convaincue. « Le petit est prudent et Kamo est habile… » Ce fut surtout l'argument du plaisir qui fit reculer Moune. « Ça leur fera tellement plaisir… » Le fait est que rien ne pouvait nous réjouir davantage. Rapporter nos vélos à Paris, c'était prolonger nos vacances. Les éterniser, même.

– On pourra aller au collège avec ?

– Non, c'est pour tourner en rond dans l'appartement.

Le succès de Kamo, au collège, avec sa bécane tchécoslovaque ! Même les plus frimeurs qui roulaient sur des petits cubes japonais en bavaient d'envie. Tous ceux qui faisaient dans le tout-beau-tout-neuf, les obsédés du dernier modèle, tournaient autour de la bécane historique, les yeux grands comme ça.

– Qu'est-ce que c'est, comme marque ?

– Une tchèque d'avant-guerre, répondait le grand Lanthier qui en connaissait un rayon, côté bécane.

– Et ce trou, là, dans le cadre, c'est quoi ?

– Les Allemands, une embuscade, lâchait négligemment Kamo.

– Tu crois qu'on trouve encore des pièces détachées ?

– Essaie un peu de détacher une pièce, pour voir...

Comme si la bécane n'avait pas été assez lourde, Kamo y avait adjoint deux énormes sacoches de postier, des sacoches de cuir aussi anciennes qu'elle et qu'il bourrait de nos affaires de classe. Le matin, quand nous arrivions, chacun de nous prenait sa sacoche qu'il jetait avec désinvolture sur son épaule, et ça nous donnait vraiment la dégaine du

Le drame

cow-boy qui débarque dans le saloon, avec sa selle sur son dos. D'un coup d'épaule, on jetait notre sacoche sur notre table, tout comme la selle sur le comptoir, et le grand Lanthier gueulait :
– Un double scotch, comme d'habitude ?
Et puis il y eut cette séance de cinéma. Minuit, à la cinémathèque du palais de Chaillot. Minuit, c'était tard. Même pour un samedi. Même pour des parents comme les miens. Pourtant, il n'était pas question qu'on rate ce film-là. Une des toutes premières versions cinématographiques des *Hauts de Hurlevent*.
– Je ne vous lâcherai pas dans Paris, à minuit.
Pope paraissait intraitable. Mais *Les Hauts de Hurlevent* était le roman préféré de Kamo. Il l'avait lu dans sa version originale, en anglais, une bonne dizaine de fois. Il en avait même fait une traduction, estimant que toutes celles qui existaient jusqu'à présent « ne valaient pas un clou ». En fait, il était amoureux de Cathy, l'héroïne. Il se prenait pour Heathcliff, quelque chose comme ça... Amoureux fou, quoi. On s'était farci à peu près tous les films qui avaient tenté de mettre ce chef-d'œuvre à l'écran. Chaque fois, Kamo sortait du cinéma bouillant de rage.
– Non mais, tu as vu ce navet ? Qu'est-ce qu'il a compris au roman, le gars qui a tourné ça, tu veux me le dire ?

À tous les coups je me faisais engueuler comme si j'étais le réalisateur du film en question.

– Et la fille qui jouait Cathy ? Tu te rends compte ? Et le type qui faisait Heathcliff ? Un vrai gommeux avec sa brillantine ! On n'a pas le droit de traiter des personnages de cette façon-là. Un personnage de roman, c'est comme une personne, ça se respecte ! T'es pas d'accord ?

(J'avais intérêt à être d'accord...)

Donc, chaque fois que la cinémathèque ressortait une ancienne version des *Hauts de Hurlevent*, nous nous précipitions. Mais, cette fois-ci, Pope, mon père, était comme un roc. Alors, Kamo négocia avec Moune. Il fila à la cuisine, pour lui donner un coup de main, comme d'habitude, et, le soir, au dîner, le nez dans mon potage, j'entendis Moune dire, bien distinctement :

– Allez, Pope...

Je levai brusquement les yeux sur ma mère, elle avait le sourire des grandes victoires. Pope n'avait jamais pu résister à cette combinaison très spéciale du regard d'automne et du sourire de printemps. Ce soir-là, il ne résista pas davantage. Il se contenta de dire :

– Je ne peux même pas les accompagner en voiture, j'ai promis au père Pinard de lui réparer sa télé.

Le « père Pinard », comme il l'appelait, était un

Le drame

ancien compagnon de travail de Pope, qui habitait à l'autre bout de Paris et qui ne supportait ni la retraite, ni le pinard, ni les programmes de la télévision. Malheureusement, il n'avait plus que ça dans la vie. Alors sa retraite le rendait trop triste, il vidait une bonne bouteille et s'installait devant son poste. Le lendemain, il téléphonait à Pope de venir réparer la télé qu'il avait réduite en miettes.

– Ça ne fait rien, dit Moune, ils prendront leurs vélos, ils seront prudents.

Tu parles. À cette heure-là de la nuit, personne ou presque dans Paris, pas facile d'être prudent... Nous avions promis, bien sûr, mais dès les premiers coups de pédale on se serait déjà cru à l'arrivée du Tour de France. Cassé en deux sur mon pur-sang, je hurlais à Kamo que je l'aurais, que je finirais bien par le rattraper un jour !

– Jamais ! gueulait Kamo, personne ne me rattrapera jamais ! Je vais plus vite que les balles allemandes !

Si un flic s'était trouvé sur notre trajectoire, cette nuit-là, il nous aurait à peine vus passer. Et c'est bien dommage parce que, si on nous avait arrêtés à temps, l'accident n'aurait pas eu lieu.

Le plus étrange, quand j'y repense aujourd'hui, c'est que le premier souvenir qui m'en reste est celui d'un immense éclat de rire. Mon rire à moi, résonnant dans les rues de Paris. J'avais renoncé à rattraper Kamo. Victorieux, il s'était dressé, debout sur le cadre de la bicyclette tchécoslovaque, il avait ouvert les bras et criait à tue-tête :

– J'arrive, Cathy ! Attends-moi, ne meurs pas, c'est moi, Kamo, j'arrive !

Et moi, qui pédalais, derrière, en rigolant comme une baleine...

– Je vais te sauver, hurlait Kamo, confiance ! Je vais te sauver une fois pour toutes ! Je vais pénétrer dans l'écran, criait Kamo, je vais t'arracher à la pellicule, Cathy, tu ne seras plus jamais obligée de tourner dans ces navets !

La rue descendait à pic. Debout sur sa bicyclette, un pied sur la selle, l'autre sur le guidon, Kamo fonçait dans la nuit rousse de la ville aussi sûrement qu'un champion de surf sur les rouleaux du Pacifique.

– Je connais une île, dans les Caraïbes, je t'y emmène, Cathy ! Fini le cinoche ! Finies les brumes de l'Écosse ! Vivent les lagons cristallins et les cocotiers aux courbes douces !

Parfois, quelqu'un apparaissait à une fenêtre, mais nous étions déjà passés. Kamo continuait à hurler :

– Nous boirons des punchs de coco avec cet abruti qui essaie de me suivre et qui est notre ami !

La voiture était noire. Elle roulait tous feux

éteints. Elle roulait vite. Elle roulait sur sa gauche. Et Kamo ne tenait pas exactement sa droite.

– Je t'aime, Cathy ! Attends-moi, mon amour, j'arrive !

Il percuta l'auto noire dans la courbe du virage. Sous le choc, le phare de la bicyclette tchécoslovaque explosa. Kamo heurta le toit de la voiture qui poursuivit sa route, broyant sous elle un vélo dont la ferraille hurlait en lâchant des gerbes d'étincelles.

– Kamo !

Il avait été projeté dans l'espace, et je l'avais un instant perdu de vue. Puis il était retombé au milieu de la rue, avait rebondi et roulé sur le trottoir, pour enfoncer la porte d'un immeuble dont toutes les lumières me parurent s'allumer d'un coup.

L'autre détail qui me revient se confond avec le gyrophare de l'ambulance et celui de la voiture de police. On chargeait Kamo évanoui sur une civière, un filet de sang lui coulant de l'oreille. Personne ne s'occupait de moi qui criais :

– La voiture ne s'est pas arrêtée ! Elle roulait à gauche et elle ne s'est pas arrêtée !

Je criais cela, oui, et, dans le même temps, je sentis quelque chose crisser sous mon pied. Je me baissai. C'était la montre de Kamo. Elle était cassée. Elle marquait onze heures.

Blanc comme la mort

Ce qui avait frappé Kamo, à la mort de son père, c'était la blancheur de la clinique.
— Jamais je ne mettrai de blanc aux murs de ma maison.
Il était intarissable sur le blanc :
— D'ailleurs, ce n'est pas une couleur.
Il disait :
— Le blanc, plus c'est propre, plus c'est sale. Une ombre sur du blanc, c'est la crasse tombée du ciel.
Il disait encore :
— Le blanc, c'est la mort qui se cache.
Et c'est à quoi je pensais, en faisant les cent pas dans le couloir des urgences. On avait enfourné mon Kamo directement dans le bloc opératoire.

Pope tenait la main de Moune. Tous deux étaient assis sur des sièges de plastique orange. Pope était si pâle que ses moustaches noires semblaient des postiches collés sur son visage. Moune ne pleurait pas. C'était pire. On aurait dit qu'elle ne pourrait plus jamais pleurer de sa vie. Moi, je marchais de long en large, dans l'orange et dans le vert des murs. Et je me disais : « Il ne mourra pas. On a mis du vert au mur, il ne mourra pas. La mort, c'est le blanc sur les murs. »

Pourtant, des heures plus tard (il y avait toujours le vert et l'orange des murs, mais déjà le mauve de l'aube au bord des toits), quand je vis le chirurgien sortir du bloc opératoire, quand je le vis s'approcher de Pope et de Moune, quand je vis cette blouse blanche, ce bonnet blanc, cette moustache et ces cheveux blancs, quand je vis tout ce blanc se pencher sur Pope et Moune qui se dressèrent comme des ressorts (ce qui fit que l'homme en blanc dut se redresser lui aussi, comme s'il avait raté sa révérence), quand je vis cet homme si fatigué, ses lèvres blêmes d'épuisement prononcer les mots « courage », « très peu d'espoir », « double fracture du crâne », « gros hématome céphalo-rachidien », « enfant robuste mais... », quand je vis le bras de Pope se raidir autour du corps de Moune qui s'affaissait, je sus que mon Kamo était foutu, que la bicyclette tchécoslovaque l'avait tué, que je venais de perdre mon meilleur ami, mon seul ami.

Les choses n'arrivent jamais sans qu'on se demande pourquoi. Les événements hurlent. Ils exigent une explication. Ils veulent un coupable.

– Au Moyen Âge, disait Kamo, une catastrophe s'abattait sur un village, crac, on brûlait une sorcière. Oui, les événements réclament vengeance. Une vengeance aveugle.

– L'économie allemande bat de l'aile, disait Kamo, et le dingue à moustache gammée décide de tuer tous les Juifs.

On ne pouvait plus arrêter Kamo quand il était lancé sur ce chapitre :

– Ce n'est pas d'« explications » que l'homme a besoin, c'est de « coupables » ! Même ici, parmi nous, dans cette classe, quand quelque chose cloche, n'importe quoi, on ne cherche pas l'explication : c'est toujours le grand Lanthier qui prend !

Je repensais à cela, à ces raisonnements que Kamo développait en cours d'histoire et qui, à la fois, nous amusaient et nous faisaient réfléchir, je repensais à cela en entendant Pope, Pope, mon père, ce pauvre géant, répéter sans cesse :

– C'est ma faute ! C'est ma faute ! J'aurais dû t'écouter, Moune, laisser les bicyclettes où elles étaient.

Mais Moune, assise toute droite sur la chaise qu'elle ne quittait presque jamais :

– Non, c'est moi, c'était une folie de les laisser sortir en pleine nuit dans Paris.

Et moi, seul dans ma chambre, la montre cassée de Kamo sur ma table de nuit, je savais bien que c'était moi le responsable. Au lieu de me moquer de Kamo, j'aurais dû prendre ses pressentiments au sérieux. Je le revoyais, cette nuit d'orage, agenouillé devant la bicyclette tchécoslovaque, le visage trempé de pluie – mais ça devait être des larmes – et je l'entendais encore me dire :

– Non, une « peur sacrée ».

Enfin, voilà pour l'atmosphère qui régnait à la maison : la recherche du responsable, la grande traque aveugle du coupable. Sauf qu'ici chacun s'accusait soi-même, et c'était peut-être plus terrible encore parce que, contre ces accusations-là, on ne peut absolument pas se défendre, ni se laisser consoler.

– Mais non, c'est moi, disait Pope...

– Tais-toi, tu sais bien que c'est moi, murmurait Moune...

Et moi, dans mon lit :

– C'est ma faute. J'aurais dû croire à ce pressentiment...

Heureusement, la vie se défend contre le

désespoir. Elle trouve des petits trucs. Des trucs tellement inattendus qu'on en reste sidéré.

J'étais donc allongé, là, sur mon lit que je n'avais pas même défait, les yeux grands ouverts, lorsque, tout à coup, une autre phrase de Kamo me revint. Une phrase de ces dernières vacances.

– Tu sais, le grand Lanthier...

– Oui ?

– Eh bien, je crois qu'il est moins con qu'il en a l'air.

Ce fut comme une fusée d'artifice s'épanouissant dans tout ce noir. Je sautai hors de mon lit et me ruai sur le téléphone.

La sonnerie retentit longtemps. L'horloge de l'entrée comptait les secondes pour moi. Finalement, la voix du grand Lanthier me parvint, de très loin :

– Quel est le connard qui se permet de réveiller une famille nombreuse à quatre heures du mat ?

– C'est moi.

Il reconnut aussitôt ma voix et se radoucit un peu.

– Ah ! C'est toi ? Qu'est-ce qui se passe ?

– Lanthier...

À ma grande surprise, je ne pus rien dire de plus. Il me semblait que, si je racontais l'accident de Kamo, si je parlais de son état, j'allais le tuer pour de bon. Et ce fut Lanthier qui demanda :

— Il est arrivé quelque chose à Kamo?

Alors seulement je racontai. Lanthier ne m'interrompit pas une seule fois. Il écoutait. Quand j'eus achevé mon récit, il dit:

— T'inquiète pas...

J'attendais la suite. Je m'attendais à ce qu'il me raconte des âneries, du genre: « Allez, il est solide, va, notre Kamo est immortel... », des trucs comme ça. Pas du tout. Il dit autre chose:

— Kamo ne mourra pas.

Puis, il ajouta:

— Ça dépend de nous.

Moi, accroché à mon téléphone, j'attendais.

— J'ai un cousin, dit enfin le grand Lanthier, il s'est cassé la gueule du sixième étage, il est passé à travers une verrière et il s'est aplati sur le ciment d'un garage.

Je sentais la fureur m'envahir. (« Tu as remarqué, avait dit Kamo, le grand Lanthier a toujours un cousin ou un copain de cousin à qui il est arrivé un truc extraordinaire! »)

— Eh bien, on l'a sauvé, dit Lanthier. On l'a sauvé comme on va sauver Kamo. De la même façon.

— C'est-à-dire?

Il y avait de l'ironie dans ma voix.

— En pensant à lui, répondit Lanthier sans s'émouvoir.

– Pardon ?

Et, le plus calmement du monde :

– En pensant à lui. Il suffit de penser à lui nuit et jour pour qu'il s'en sorte. Ne jamais l'oublier. Penser à lui sans une seconde d'interruption. Si on y arrive, si on ne flanche pas, s'il n'y a pas de trou dans notre pensée, Kamo s'en tirera, c'est gagné d'avance.

Il disait cela avec la tranquillité d'un médecin certain de donner la bonne ordonnance. Et je sentis aussitôt la confiance tomber sur moi, comme un manteau de sommeil.

– Tu es crevé, dit Lanthier à l'autre bout du fil, tu as pensé à Kamo jusqu'à présent, va dormir, je prends le relais. Je te réveillerai quand ce sera ton tour de monter sur le pont.

Je m'endormis en raccrochant.

Kamo, Ka-mo,
K-mot, cas-maux...

Ce jour-là, Pope et Moune me laissèrent dormir. Exempt de collège. Ce fut le téléphone qui me réveilla, à midi dix.
– Salut, toi.
Le grand Lanthier de l'autre côté.
– À ton tour de penser à Kamo, je rentre chez moi pour pioncer un coup.
– Comment ça s'est passé, ce matin, en classe ?
– Très bien, j'ai bloqué deux heures de colle en physique.
– Pourquoi ?
– Parce que je pensais à autre chose, pardi !
Il gloussa.

— Ça aurait bien fait marrer Kamo, d'ailleurs.
— Raconte.
— Oh ! trois fois rien, dit Lanthier, juste Plantard qui me fait venir au tableau. À peine si je l'ai entendu m'appeler, tellement je pensais à Kamo. Alors, il m'appelle une seconde fois et les autres commencent déjà à se marrer. Bon, je vais au tableau. Plantard m'interroge. Muet j'étais, muet je reste. « Dois-je comprendre que vous ne savez pas votre leçon, Lanthier ? » Oui, monsieur, fait ma tête, c'est bien ce que vous devez comprendre, monsieur. « Et quelle explication allez-vous me servir, cette fois-ci, Lanthier ? Votre cartable oublié une fois de plus chez un de vos innombrables cousins ? » Non, monsieur, fait ma tête, non, monsieur. « Alors ? » Et c'est là que je dis : « Je n'ai pas appris ma leçon, monsieur, parce que je pensais à autre chose, et j'y pense encore en ce moment même, monsieur, c'est pour ça que je suis muet, monsieur. » Explosion dans la classe, tu imagines ! Mais Plantard lève la main. « Et pouvez-vous nous dire à quoi vous pensez, Lanthier ? » « À quelqu'un, monsieur. » Hurlements derrière moi. « À qui tu pensais, Lanthier ? Comment elle s'appelle ? Elle est mignonne ? » Et Plantard (tu le connais celui-là, toujours à hurler avec les loups) : « Eh bien ! Lanthier, répondez à vos camarades, à qui pensez-vous donc, pour ne pas apprendre votre leçon ? » Moi (en rajoutant dans

le genre grand couillon) : « Elle s'appelle Cathy, monsieur. » La classe : « Cathy ! Cathy ! comme c'est mignon, ça ! Tu nous balances son téléphone, Lanthier ? Écris-le au tableau. » Et moi : « Elle s'appelle Catherine Earnshaw, c'est l'héroïne des *Hauts de Hurlevent*, un roman, monsieur, je l'ai lu cette nuit. »

Bref silence de Lanthier au bout du fil. Puis :

– Voilà. Il m'a mis deux heures. Mais, le plus fort, c'est que c'était vrai. Je me suis farci *Les Hauts de Hurlevent*, cette nuit, j'ai trouvé que c'était la meilleure façon de penser à Kamo.

Nouveau silence.

– Et tu veux que je te dise ? Je me demande pourquoi il l'aime tellement, cette Cathy... moi, je trouve que c'est plutôt une emmerdeuse... pas de quoi se foutre contre une bagnole pour elle.

Il disait cela le plus sincèrement du monde. Il ajouta :

– Enfin, ce sont les affaires de Kamo. Tu le connais, en amour, y a pas moyen de le raisonner.

Sur son lit d'hôpital, Kamo était extraordinairement immobile. Il avait un visage de cire et de craie. Ses paupières étaient mauves comme le ciel à l'aube de son accident. Une seconde, j'ai cru qu'il avait cessé de respirer. Je me suis penché. Non. C'était l'immobilité qui donnait cette impression. L'immobilité et le bandage, peut-être. Le bandage si blanc… Mais il respirait. Faiblement. Comme s'il était recroquevillé là-bas, au fond de lui-même, et que son souffle eût toutes les peines du monde à atteindre le dehors, l'extérieur, « le Grand Extérieur », comme m'avait dit Kamo, un matin, en désignant d'un geste large les montagnes du Vercors. Il n'y avait rien d'autre que ce bandage. Et c'était presque plus terrible. S'il avait été couvert de plaies et de bosses, on se serait dit : « Sacré Kamo, tout amoché, c'est bien de lui, ça ! Pas d'inquiétude, il va se réparer, comme d'habitude. »

Mais non, pour une fois, le visage de Kamo était lisse comme celui d'un nouveau-né. Pas la moindre égratignure. Rien de visible. Uniquement ce bandage blanc qui lui faisait la tête étroite. Mon ami Kamo était cassé dedans. « L'immobilité, c'est le contraire de Kamo. » Voilà ce que je ne cessais de me répéter, debout à son chevet. « L'immobilité, c'est le contraire de Kamo. »

Brusquement, j'ai mesuré la stupidité de nos jeux d'enfants. Comme si « penser à Kamo » était suffisant pour vaincre cette pâleur de cire, pour ranimer cette immobilité, pour faire que cela se répare, dedans.

– C'est une méthode comme une autre, me dit le docteur Grappe. (C'était le docteur du collège. J'étais arrivé chez lui à bout de souffle. Je lui avais exposé la théorie de Lanthier.)

— Vous croyez que ça peut marcher ?

Le docteur Grappe ne me répondit pas directement. Mais ce qu'il me dit valait toutes les réponses.

— L'affection, la vraie, ça a toujours donné envie de guérir.

Il fallait penser à Kamo. Il fallait y penser sans faiblir. Lanthier avait raison. Et pour cela, il fallait combattre l'impression qu'avait laissée en moi son immobilité. Son immobilité…

C'est alors que je me suis rappelé l'histoire du chat. Nous étions au cours préparatoire, à l'époque. Première année. Ça ne datait pas d'hier. Nous rentrions de l'école et le chat s'était fait écraser sous nos yeux. Pas exactement écraser. À peu près le même accident que Kamo. Il avait voulu traverser la rue en deux bonds et l'aile de la voiture l'avait frappé en plein vol. Il avait été projeté contre la poitrine de Kamo, qui avait vacillé sous le choc, mais dont les bras s'étaient instinctivement refermés sur le chat. Kamo était resté là, debout, l'animal dans les bras, à regarder la voiture filer. De la bouche entrouverte du chat passait un petit bout de langue où perlait une goutte de sang. Il ne bougeait plus. Cette immobilité, justement, qui est autre chose que le sommeil…

— Il est mort, dis-je.

— Non, répondit Kamo.

Le chat dans les bras, Kamo avait marché tranquillement jusqu'à chez lui, avait grimpé les deux étages qui menaient à son appartement et, quand sa mère lui avait ouvert, il avait gagné sa chambre sans un mot, s'était glissé dans son lit sans même ôter ses vêtements (pour ne pas déranger le chat), et était resté couché trois jours, dans le silence et l'immobilité, trois jours et trois nuits, jusqu'à ce quatrième matin où le chat, enfin, avait ouvert un œil, puis l'autre, bâillé, et sauté des bras de Kamo.

– Tu vois, me dit Kamo, quand ils sont très malades, ils font semblant d'être morts, c'est leur façon à eux de se soigner. Et si tu leur tiens compagnie, ça va plus vite.

À la maison, Pope et Moune tournaient maintenant comme des fauves en cage.

– C'est incroyable, disait Pope, il faut absolument la retrouver !

– Je passerai demain à l'ambassade, disait Moune.

– D'un autre côté, disait Pope, le plus tard elle saura…

– Je sais, disait Moune, je sais…

Puis, elle se laissa tomber sur une chaise, se mit à pleurer en silence, et répéta pour la millième fois :

– Mon Dieu, mon Dieu, si seulement je t'avais écouté…

Ils venaient de passer la journée à essayer de joindre la mère de Kamo. Ils s'étaient adressés à l'agence qui avait organisé son voyage. L'agence avait téléphoné à son bureau de Leningrad – redevenu Saint-Pétersbourg – où l'on supposait que le groupe se trouvait encore. Il s'y trouvait, en effet, mais la mère de Kamo avait disparu.

– Elle a dû quitter son groupe, dis-je, elle a continué son voyage toute seule.

– Impossible, répondit Pope, il faudrait être fou pour partir tout seul dans la grande pagaille russe !

– C'est pourtant ce qu'elle est en train de faire.

Pope cessa brusquement de déambuler et se tourna tout d'une pièce vers moi.

– Qu'est-ce que tu en sais, toi ?

– Je le sais.

Je le savais. Pendant une de nos dernières nuits, dans le Vercors, Kamo avait eu un petit rire, puis il avait dit :

– À l'heure qu'il est, elle doit être en train de leur fausser compagnie.

– Leur fausser compagnie ?

– Tu crois que ma mère est allée en Russie pour photographier le Kremlin avec une bande de touristes en bermuda ? Elle est allée à la recherche de mon arrière-grand-père, l'autre Kamo, le vrai, et elle le trouvera !

– Il n'est pas mort ?

– Bien sûr que si, il est né en 1882 et mort en 1922 à l'âge de quarante ans. Mais ce que Mélissi la Grecque, l'Abeille, n'a jamais voulu dire, c'est la façon dont il est mort... Elle le savait, mais ni ma grand-mère ni ma mère n'ont pu le lui faire dire, c'est une sorte de secret et ma mère est bien décidée à le découvrir.

Puis, fièrement :

– Il n'est pas né, celui qui obligera ma mère à suivre le troupeau.

Depuis des jours, maintenant, sur ma table de nuit, la montre cassée de Kamo marquait onze heures.

Ce n'est pas facile de penser sans arrêt à quelqu'un. Même si ce quelqu'un s'appelle Kamo. Même si ce Kamo est ton meilleur ami. La pensée a des trous par lesquels elle s'évade d'elle-même. Ton regard plonge dans une photo de montagnes, ton oreille accroche une note de musique, et tu sors de ton devoir de maths, ou tu cesses de penser à ton ami Kamo.

Au début, je laissais venir à moi les images de Kamo, librement. Les dernières, bien sûr, arrivèrent les premières : images de vacances, longues conversations nocturnes, les recettes de Kamo, le parfum du poulet aux écrevisses, Kamo et nos sacoches de facteur, tout cela en vrac, batailles de polochons et balades dans la montagne...

Puis, ce fut comme un robinet qui se tarit, qui ne coule plus que goutte à goutte. Il me fallut « organiser ma mémoire », reprendre tout depuis le commencement : notre rencontre à la crèche (où nous étions tous les deux amoureux de la même créchonnière qui s'appelait Mado-Magie, et qui secouait des hochets sous notre nez pour gagner sa vie d'étudiante), puis ce furent la maternelle et le cours préparatoire, et le cours moyen où notre maître, M. Margerelle, nous avait préparés à entrer en sixième en imitant tous les profs que nous y trouverions, l'admiration de Kamo pour Margerelle en prof de maths rêveur, si différent de Margerelle en prof de français grincheux, et Crastaing, un an plus tard, justement, Crastaing, le prof de français de sixième, dont tout le monde avait une peur atroce, tout le monde sauf Kamo, la façon extravagante dont Kamo avait appris l'anglais et fait la connaissance de Catherine Earnshaw, l'héroïne des *Hauts de Hurlevent*...

Mais venait l'heure d'aller en classe, l'heure de passer à table, l'heure de faire mes devoirs, et la pluie des questions, chaque fois qu'on me sentait « ailleurs » : « À quoi pensez-vous donc ? » « Combien de fois faudra-t-il t'appeler ? » « Vous ne pouvez pas faire attention ? » « Alors, toi, tu joues, oui ? »... Un vrai supplice de « penser » dans ces conditions. Quand le grand Lanthier m'appelait pour prendre la relève, je décrochais le téléphone aussi épuisé que si j'avais passé ma journée au fond d'une mine à pousser des chariots de fonte remplis d'un Kamo de plus en plus lourd.

Et, ce qui devait arriver, bien sûr, arriva. Cela se passa un mercredi après-midi, dans mon bain. On ne peut rien vous demander quand vous êtes dans votre bain. C'est l'endroit idéal pour penser. Je m'étais donc enfoui dans la mousse du bain, cherchant désespérément une pensée nouvelle qui pût aider Kamo. Pauvre Kamo, j'avais beau le connaître depuis toujours, il me semblait avoir pensé tout, absolument tout ce qu'on pouvait penser de lui ! Alors, j'appelai son visage, son visage hirsute de plâtrier dans le grenier de Pope, son visage impénétrable quand il préparait une blague, le visage de Kamo amoureux de Cathy, et tous les visages répondirent à l'appel, mais se confondirent, petit à petit, jusqu'au moment où il me fut impossible de me rappeler un seul trait de Kamo, impossible de dire à quoi pouvait bien ressembler ce Kamo auquel je pensais sans arrêt depuis près d'une semaine. C'était comme si l'image de Kamo avait fondu dans la chaleur du bain, en même temps que la mousse. Tant pis, il me restait au moins son nom. Le nom de Kamo, plus rien d'autre que ce nom : « Kamo », que je me mis à répéter, dans ma tête, indéfiniment, parce qu'il y allait de sa vie: Kamo, Kamo, Kamo, Kamo, Kamo... mais le nom était composé de deux syllabes qui se détachèrent bientôt l'une de l'autre, comme si je les avais usées à force de les répéter: Ka-Mo, Ka-Mo, et qui, chacune de leur côté, « Ka », « Mo » n'évoquaient plus rien du tout jusqu'à perdre, même, leur orthographe: « K », « Mot », « Cas », « Maux »...

Le bain était froid quand je me réveillai. Mon Dieu, ce froid...

Quand le grand Lanthier décrocha enfin le téléphone pour prononcer un « allô » ensommeillé, je hurlai:

– Lanthier! J'ai cessé de penser à Kamo!

Il y eut un silence de mort au bout du fil.

– Je me suis endormi dans mon bain!

Lanthier raccrocha sans un mot. Je me précipitai à l'hôpital.

Djavaïr !

Le grand Lanthier était arrivé avant moi. Debout, les lèvres tremblantes, les paupières gonflées, le grand Lanthier me regardait par-dessus le lit de Kamo. Les lèvres de Kamo étaient bleuies par le froid. L'extrémité de ses doigts aussi. Je touchai cette main, mais retirai aussitôt la mienne dans un sursaut. Le froid de mon bain ! Exactement la même température.

— C'est fini, dit Lanthier.

L'immobilité de Kamo, maintenant, était celle d'un bloc de glace dérivant loin de nous, avec une lenteur contre laquelle nous ne pouvions plus rien.

— Il faut sonner une infirmière, dit Lanthier.

Mais, ni lui ni moi ne bougeâmes. Nos yeux ne

parvenaient pas à se détacher du visage de Kamo. À la vérité, il était bien difficile de retrouver notre Kamo dans ce visage. On ne voyait plus que le bandeau blanc. Effrayant comme un carcan de glace. Les mains du grand Lanthier pendaient au bout de ses bras, impuissantes, énormes.

– Il faut sonner, répéta-t-il.

Derrière l'épais rideau des larmes, ses yeux cherchaient le bouton de la sonnette. Il fallait sonner.

Il fallait sonner, pour qu'on vînt nous enlever notre Kamo. Définitivement, cette fois-ci. Le regard de Lanthier s'était enfin posé sur un bouton carré où l'on avait gravé la silhouette d'une infirmière avec son tablier blanc. Il regardait ce bouton comme si le seul fait d'appuyer dessus allait faire exploser l'hôpital. Puis, il me regarda moi, et je fis oui de la tête. Alors, Lanthier pointa son index vers la sonnette.

– Ne touche pas à ça, imbécile !

Lanthier n'eût pas sauté plus haut si la sonnette l'avait électrocuté.

– Qu'est-ce que tu dis ?

Je n'avais rien dit. Je levai les yeux sur la porte vers laquelle Lanthier s'était retourné. Personne. Il n'y avait que nous deux, dans cette chambre. Nous deux, et Kamo. Mais Kamo n'avait pas bougé. C'était le même visage bleu, enserré dans le carcan de glace, les mêmes mains, de chaque côté du corps amaigri, aussi fines, aujourd'hui, que des pattes de moineau. Alors nous regardâmes la sonnette une nouvelle fois.

– Bon Dieu que j'ai froid !

Ce n'était pas la sonnette qui venait de dire ça ! Lanthier fut le premier à le comprendre. Il se laissa tomber de tout son poids, sur ses deux genoux, au pied du lit de Kamo, et, la bouche toute proche de son oreille, demanda :

– Tu as froid ?

Pendant quelques secondes Kamo ne broncha pas. Enfin, nous vîmes ses lèvres bleues prononcer distinctement :

– Djavaïr, j'ai trop froid, trouve-moi une pelisse...

Kamo avait parlé ! Kamo avait parlé et ce fut comme si nous ressuscitions nous-mêmes ! Je me ruai sur les radiateurs : ils étaient bouillants. Je refermai la fenêtre entrouverte et ouvris les placards de la chambre : pas la moindre couverture. Toujours penché sur la bouche de Kamo, le grand Lanthier leva une main, agacé par le bruit de mon remue-ménage. Je me figeai sur place et entendis nettement Kamo dire :

– Une pelisse, Djavaïr, ou je ne sortirai jamais de ce trou !

Je me demandai qui était Djavaïr mais Lanthier posa une autre question :

– Qu'est-ce que c'est, une pelisse ?

– Un manteau de mouton, dis-je, ou un manteau d'ours, une fourrure, quoi.

Une lueur passa dans le regard du grand Lanthier. D'un seul geste, il ôta sa veste qu'il étendit sur la poitrine de Kamo en murmurant :

– Tiens, mon petit père, c'est la pelisse la plus chaude du monde...

Ce n'était pas une veste chaude, pourtant, c'était le haut d'un de ces bleus de travail dont le père Lanthier habillait ses huit enfants dès le printemps venu. (L'hiver, ils portaient des pantalons et des vestes de charpentier, en gros velours côtelé.) Ce n'était pas chaud, non. Pourtant, quand je voulus aller chercher une vraie couverture, Lanthier me retint d'un geste :

– Laisse !

Et, en effet, dans la demi-heure qui suivit, nous vîmes le corps de Kamo retrouver ses couleurs. Il se réchauffait à vue d'œil !

– Incroyable, murmura Lanthier, on croirait voir le mercure remonter dans un thermomètre !

Les doigts de Kamo avaient retrouvé leur souplesse, et son visage était bien le visage de Kamo. C'est alors que ses lèvres dessinèrent un imperceptible sourire et qu'il murmura, les yeux toujours fermés :

– Maintenant, tout est devenu possible.

À ce moment-là, l'infirmière, que nous n'avions pas sonnée, entra dans la chambre.

– Qu'est-ce que c'est que cette veste ? demanda-t-elle immédiatement, vous trouvez qu'il ne fait pas assez chaud, ici ?

C'était une grande Antillaise à la voix autoritaire et aux gestes rapides. Elle entrouvrit la fenêtre que je venais de fermer, baissa l'intensité des radiateurs, jeta un coup d'œil à la courbe des températures pendant que, à mon grand étonnement, Lanthier reprenait sa veste et l'enfilait comme si de rien n'était. L'infirmière se pencha au-dessus de Kamo et, dans un grand sourire, lui dit :

– On dirait que tu as meilleure mine, aujourd'hui, mon chéri, tu as raison, bagarre-toi, moi je sais que tu vas t'en sortir !

Puis, à nous deux :

– Il faut lui parler, les garçons, il faut faire comme s'il entendait, mais ce n'est pas la peine de trop le couvrir.

Sur quoi, elle sortit aussi rapidement qu'elle était entrée. Je me levai pour refermer la fenêtre et rouvrir les radiateurs.

– Pas la peine, fit Lanthier, elle a raison.

Puis, en ôtant de nouveau sa veste, il dit :

– Il fait trop chaud dans cette pièce. C'est en lui qu'il fait froid, à l'intérieur.

Il rabattit draps et couvertures, plaça la veste

de travail sur la poitrine de Kamo et refit le lit, comme si de rien n'était, de façon à rendre la veste invisible.

Nous marchions en silence, Lanthier et moi. Nous n'avions pas pris le métro. Nous marchions dans la ville comme si elle était vide, comme si elle nous appartenait. Il n'y avait que nous et les arbres. Un bonheur tel en nous, qu'un claquement de nos doigts aurait suffi à les faire tous fleurir. Qui dit qu'il n'y a pas d'arbres, à Paris ? Il n'y a que ça... quand on est heureux.

Au bout d'un bon quart d'heure, je finis tout de même par demander :

— D'après toi, qui est-ce, Djavaïr ?

— Je m'en fous complètement.

Devant mon air ahuri, le grand Lanthier partit de son rire à lui, un rire très lent, inimitable.

— Tu sais, dit-il enfin, moi, je suis un grand con, c'est connu.

Ses mains étaient profondément enfoncées dans son pantalon et il marchait, tête penchée, comme fasciné par le spectacle de ses gigantesques pieds :

— Alors, je ne cherche pas à comprendre, j'obéis, c'est tout.

Mais il souriait.

— Mon pote me demande une pelisse ? Va pour une pelisse. Mon pote m'appelle Djavaïr ? Why not ? Pourvu qu'il revienne à la surface...

L'agence de voyage avait remué le ciel et la terre de toutes les Russie : pas la moindre trace de la mère de Kamo.

– Enfin, Bon Dieu, tempêtait Pope, on ne disparaît pas comme ça !

Pope et Moune se rendaient tous les jours à l'hôpital. Ils se tenaient longuement au chevet de Kamo et revenaient à la maison, Pope soutenant Moune. Les soirées s'étiraient dans le même silence. L'un des deux, parfois, secouait la tête, et cela voulait dire : « C'est de ma faute… »

Je les aurais volontiers consolés, ce soir-là, mais le grand Lanthier m'avait dit :

– Surtout pas ! Ne leur dis pas que Kamo a parlé !

– Pourquoi ?

– Je ne sais pas.

Il avait un air totalement égaré, en me disant cela. Une soudaine panique dans les yeux.

– Je ne sais pas… il me semble… personne d'autre que nous ne doit le savoir… jure-le-moi.

Il s'était retourné. Il me faisait face.

Je vis que ses mains énormes s'étaient refermées dans ses poches.

– Jure-le !

– D'accord, Lanthier, d'accord, je ne dirai rien, c'est juré.

Tout de même, ce soir-là, devant le malheur

de Pope, devant le malheur de Moune, je ne pus m'empêcher de dire :

– Eh ! vous deux...

Pope leva une tête très lente. Je ne les appelais « vous deux » que dans les grands moments de gaieté.

– Kamo va s'en sortir, dis-je.

Pope me regardait comme s'il ne m'entendait pas. J'éclatai de rire et dis :

– Les adolescents ont de ces antennes que les vieux schnocks ont perdues.

Ça ne les fit sourire ni l'un ni l'autre. Alors, je m'assis à côté de Moune que j'enveloppai de mes bras.

– Maman, tu as confiance en moi ?

Elle fit oui de la tête. Un oui minuscule.

– Alors, écoute bien ça : Kamo va s'en sortir.

Et j'ajoutai :

– Je te le jure.

Kamo et Kamo

Le grand Lanthier avait raison : l'état de Kamo exigeait le secret. Kamo nous le fit comprendre, à sa manière. Dès que quelqu'un d'autre que nous pénétrait dans sa chambre, il cessait de parler. Non seulement il se taisait, mais son visage retrouvait instantanément cette pâleur cireuse et vaguement bleue qui nous effrayait tant. De son côté, le grand Lanthier laissait retomber tous les traits de son propre visage et, lui qui riait une seconde plus tôt, paraissait tout à coup au fin fond du chagrin. Si triste, même, qu'un après-midi l'infirmière antillaise piqua une vraie colère :

– Si tu continues à faire cette tête, toi, je te fous dehors ! Il n'a pas besoin de vieilles pleureuses, ton copain, il a besoin d'amis forts qui croient en sa guérison !

Oui, derrière ses paupières closes, Kamo parlait. Difficile de dire s'il nous parlait à nous, s'il nous reconnaissait, mais il savait que quelqu'un était là, tout près de lui, quelqu'un en qui il avait une confiance totale, à qui il pouvait tout dire, tout demander.

Il nous appelait encore Djavaïr, mais il nous donnait aussi d'autres noms : Vano, Annette, Koté, Braguine… Il nous demandait des services, il nous donnait des ordres, et nous obéissions, comme si nous avions été Djavaïr, Vano, Annette, Koté, Braguine… Il avait aussi des cris étouffés, des cris de rage :

– Stolypine, grinçait-il, Stolypine, tu me le paieras :

Ou bien :

– C'est Jitomirski qui m'a trahi, oui, c'est cette crapule de Jitomirski ! Il travaillait pour l'*Okhrana*.

Ou bien encore, tout à coup triomphant :

– Les *gardavoïs* ne me font pas peur ! Ils sont minuscules…

Et aussi :

– Ma peau est trop solide pour la *nagaïka* !

Mais quelqu'un pénétrait dans la chambre de l'hôpital, et Kamo redevenait aussitôt ce Kamo livide et muet dont le visage ne donnait aucun

L'évasion de Kamo

espoir. L'intrus à peine ressorti, un sourire se dessinait sur les lèvres de Kamo.

Le mot qu'il prononçait alors était toujours le même :

— *Yarost !*

Sifflant à travers ses lèvres serrées, comme venu du fond de lui-même, toujours ce mot :

— *Yarost !*

Tout cela, derrière des paupières qui ne s'ouvraient jamais.

Nous n'y comprenions rien. Cela dura une bonne semaine. Une semaine de propos décousus, Kamo toujours immobile, remuant à peine ses lèvres devenues si minces. Au début, je cédais à la peur.

— Il est devenu fou, dis-je.

— Et alors ? répondit Lanthier, tu le préférais raide mort ?

Toujours les réponses tranquilles du grand Lanthier.

— Non, bien sûr que non...

— Ça prouve au moins que quelque chose s'est remis à bouger dans sa tête.

— Bien sûr...

— Et puis, rien ne dit que c'est de la folie. Peut-être qu'il rêve, tout simplement.

— Oui...

— T'inquiète pas : il est en train de se remettre

en ordre, notre Kamo, je le sens. Il ne faut pas le laisser tomber, c'est tout.

De mon côté, je me renseignais :

– D'après toi, Pope, *yarost*, c'est un mot qui viendrait de quelle langue ?

– Comment veux-tu que je le sache ? répondait Pope sans même lever les yeux sur moi.

Ou, à Mlle Nahoum, notre professeur d'anglais :

– *Yarost*, mademoiselle, ce serait un mot de quelle langue, selon vous ?

– Je ne sais pas, demande donc à Mlle Rostov.

Mlle Rostov était la prof de russe. Elle venait au collège une fois par semaine, le jeudi. Elle était ronde comme une baba et parlait avec un tout petit filet de voix :

– *Yarost* ? Cela veut dire « fureur », en russe. Il y avait un dieu, dans l'ancien temps, qu'on appelait Yarilo, c'était un dieu très puissant, le dieu de l'énergie créatrice.

Le nom de Stolypine, qui mettait Kamo dans une telle rage, ne disait rien à personne. Jusqu'à ce que j'interroge M. Baynac, notre prof d'histoire.

– Stolypine ? Bien sûr, oui, je sais qui c'était : le ministre de l'Intérieur russe, avant la Révolution, le chef de la police, si tu préfères, et le Premier ministre aussi. Il est mort en 1911, assassiné dans un théâtre. Pourquoi me demandes-tu ça ?

Il savait tout. Il répondait tranquillement à toutes les questions.

– Et l'*Okhrana*, monsieur ?

– Police secrète du tsar. Tu t'intéresses à la révolution russe ?

Je faillis tout lui dire, mais je me souvins à temps que Kamo exigeait le secret. J'inventai n'importe quoi :

– C'est pour un ami, monsieur, un ami qui lit un bouquin russe de l'époque. Il y a des tas de mots qui lui échappent.

Il m'apprit alors que la *nagaïka* était le terrible fouet des cosaques, et les *gardavoïs* l'équivalent de nos gendarmes dans la Russie des tsars. Ainsi, grâce à M. Baynac et à Mlle Rostov, tous ces mots gelés que Kamo faisait éclore dans sa chambre d'hôpital prenaient un sens : notre Kamo nous parlait de son arrière-grand-père, le révolutionnaire ! Pourtant, je ne demandai jamais aux adultes qui étaient Djavaïr, Vano, Annette, Koté, Braguine... Il me semblait que ceux-là faisaient partie du secret de Kamo, que les nommer, seulement les nommer, c'était trahir.

Dans la pénombre de sa chambre d'hôpital, Kamo murmurait :

– Des oignons, voilà ce qu'il me faut. Djavaïr, je t'en prie, fais-moi parvenir des oignons, c'est pour lutter contre le scorbut.

Quelques heures plus tard, le grand Lanthier glissait deux oignons sous les draps de Kamo. Il les plaçait au creux de ses mains dont il refermait les doigts un à un tout en examinant son visage. Sur le visage de Kamo passait un sourire rapide comme l'ombre d'une aile.

– Du sucre aussi. Djavaïr, il me faut du sucre pour reprendre des forces.

Lanthier apportait du sucre.

Le lendemain, sucre et oignons avaient disparu.

Les lèvres de Kamo remuaient très vite.

– Les cosaques de Malama m'ont arrêté une première fois à Tiflis, blessé, cinq balles dans le corps mais toujours debout. Ils m'ont menacé de me couper le nez, ils m'ont fait creuser ma propre tombe, ils m'ont passé la corde au cou, la corde a cassé, moi, je faisais l'oiseau, l'innocent, l'imbécile, je creusais ma tombe en chantant, je jouais avec la corde, je riais, ils m'ont transféré à la forteresse de Méteckh, ils me posaient toujours la même question : « Connais-tu Kamo ? » (oui, ils n'étaient pas tout à fait sûrs que c'était moi) et moi je donnais toujours la même réponse : « Bien sûr que je connais Kamo », et je les menais au bord d'un fossé, et je leur montrais les fleurs, chez nous, en Géorgie, la fleur, ça se dit « Kamo ».

Les lèvres de Kamo semblaient courir.

– La forteresse de Méteckh n'a pas su me garder,

ni la prison de Batoum, ni le terrible hôpital Mikhaïlovski où ils m'avaient enfermé parmi les fous, ni les prisons turques, je me suis évadé de partout, alors, je vous le dis, la Sibérie ne me gardera pas non plus.

Là, il y eut un long silence, puis :

– *Yarost !*

Et, très bas, dans un souffle, derrière ses paupières serrées comme des poings :

– Les oignons et le sucre m'ont redonné la force, Djavaïr. Je suis prêt. Apporte-moi une lime solide. Tu la cacheras dans un pain. C'est pour cette nuit.

Le grand Lanthier ne se posait aucune question. Il obéissait à tout. Moi, j'avais peur. Le Kamo aux paupières closes qui chuchotait avec fureur sur ce lit d'hôpital n'était pas mon Kamo. C'était l'autre, le révolutionnaire, l'arrière-grand-père, celui qui avait essayé de reconstruire une fois le monde, le Kamo qui avait laissé Mélissi pour choisir la Révolution. Ce n'était pas celui-là que je voulais voir ressusciter. Je voulais le mien, celui qui était capable de hurler le nom de Catherine Earnshaw en pédalant comme un fou dans la nuit. Mon ami.

Mais Lanthier obéissait. Et, ma foi, j'obéissais aussi. Ce soir-là, je demandai à Moune de m'apprendre à faire la pâte à pain.

– Tu veux devenir boulanger ?

— Non, c'est pour l'anniversaire de Lanthier, Moune, il veut que je lui apprenne à faire le pain.

Moune n'avait plus la force de discuter. Elle m'apprit. Dès que Pope et elle se furent endormis, j'introduisis le grand Lanthier dans notre appartement. Il avait fauché deux limes dans l'atelier de son père.

— Une lime, ça peut casser. Faut tout prévoir pour une évasion.

Je fis deux pains. (Enfoncer les limes dans la pâte fraîche et mettre au four.) Le premier pain éclata à la cuisson. Pas assez de pâte autour de la lime. Il fallut le refaire. L'heure tournait. Lanthier devenait nerveux.

— Il a dit cette nuit.

— Je fais ce que je peux, je ne suis pas boulanger.

À part ces quelques mots, nous ne parlions pas. Nous nous laissions envahir par l'odeur du pain cuit. Et je me disais que j'étais fou. Que Lanthier m'entraînait avec lui dans la folie de Kamo. Mais je me disais aussi que Kamo allait mieux depuis qu'il nous parlait. Il reprenait des forces. Il revenait.

Je n'accompagnai pas Lanthier à l'hôpital, cette nuit-là. Il avait glissé un crayon sous le store mécanique qui fermait la fenêtre de Kamo. La chambre était au rez-de-chaussée. Il en relèverait le store et il s'y introduirait sans problème. Il placerait les deux pains dans les mains de Kamo. Pas besoin de moi pour ça.

— Tu as trop peur, tu nous ferais repérer.

J'avais peur, oui. Mais je ne savais pas de quoi.

Qu'est-ce que ça voulait dire, cette histoire d'évasion ?

Est-ce que demain Kamo ne serait plus dans son lit d'hôpital ? Et lequel des deux Kamo s'évaderait, le mien ou l'autre ?

J'eus du mal à m'endormir, cette nuit-là. Dès que je fermais les yeux, je voyais un Kamo plein de fureur sauter par la fenêtre de l'hôpital et s'enfoncer dans Paris. Il ne ressemblait pas au mien.

Le loup de Sibérie

Non. Le matin suivant il était toujours dans son lit. Et toujours aussi immobile. Et toujours ce carcan si blanc autour de sa tête. Rien n'avait changé.

Pourtant, le grand Lanthier murmura à mon oreille :

– Ça y est, il s'est évadé.

J'examinai l'étroit visage avec plus d'attention et, en effet, oui, j'y retrouvai quelque chose qui ressemblait à mon Kamo d'avant. Une sorte d'épanouissement. C'était le visage de Kamo devant les montagnes du Vercors. Kamo libre, à nouveau dans le Grand Extérieur.

Lanthier glissa une main prudente sous les draps

de notre ami. Il en retira les deux limes. L'une d'elles était cassée.

– Tu vois ? On n'est jamais assez prudent. Les fers qu'on te met aux pieds, et les barreaux d'une cellule, c'est solide.

La peur qui m'avait un instant quitté revint comme une énorme vague à la vue de cette lime brisée. Je m'entendis balbutier :

– Et le pain ?

– Plus une miette, répondit Lanthier, il a tout mangé.

Je devais être plus blanc que le pansement de Kamo, parce que Lanthier ajouta :

– Toi aussi, tu devrais aller manger un morceau, sinon, tu vas tomber dans les pommes.

Kamo ne prononça pas un mot, ce jour-là. Ni les jours suivants.

– Pourquoi ne parle-t-il plus ?

Lanthier hocha lentement la tête, comme si je ne comprenais rien à rien.

– Tu sais ce que c'est, la Sibérie ? Un désert de neige. À qui veux-tu parler dans un désert de neige ? Il s'est évadé, il faut qu'il traverse la Sibérie, maintenant.

Cette fois-ci, nous étions devenus complètement fous. Nous étions là, assis tous les deux, de chaque côté d'un lit d'hôpital, persuadés que la pauvre forme qui l'occupait se battait seule, là-bas, contre le grand désert de la Sibérie.

Et la nuit, les cauchemars ne me quittaient plus. L'image qui revenait le plus souvent était celle de cette lime brisée. Je me dressais comme un ressort, dans mon lit, brusquement réveillé, pour comprendre que ce n'était pas un rêve, que nous avions bel et bien retrouvé la lime cassée, comme si Kamo s'était vraiment évadé. Plus moyen de me rendormir. Sur la table de nuit, à côté de moi, la montre cassée marquait toujours onze heures.

Kamo se tut pendant des jours. Et, nous mîmes un certain temps à nous en apercevoir : il perdait des forces ! Son visage se creusait. Sa chaleur s'enfuyait. Lanthier essaya de nouveau le coup de la veste sous les draps. Rien à faire. Il semblait que rien au monde, désormais, ne pourrait le réchauffer. Lanthier aussi maigrissait à vue d'œil. Et moi, moi je me sentais comme quelqu'un qui ne pourrait plus jamais fermer les yeux.

Puis, un jour, il parla.

– La Sibérie est un grand estomac de glace...

À mon regard stupéfait, Lanthier répondit par un sourire malin qui voulait dire : « Tu vois, qu'est-ce que je te disais... la Sibérie... » Kamo continuait de parler :

– La Sibérie avale cru, digère tout, et ne rend jamais rien.

Il parlait si bas que nous étions obligés de coller presque notre oreille à sa bouche. Le souffle qui en sortait était glacé.

— Mais moi, Kamo, on ne me mange pas...

Il eut une sorte de petit rire gelé.

— Toi non plus, le loup, tu ne me mangeras pas.

Le loup ? Quel loup ?

Kamo n'en dit pas davantage, ce jour-là.

À la maison, Pope et Moune commençaient à s'inquiéter pour ma santé. Jusqu'à présent le malheur de Kamo leur avait presque fait oublier mon existence. Quand ils se réveillèrent, j'avais perdu cinq ou six kilos, et j'avais si peu dormi que mes yeux brillaient comme du charbon dans leurs orbites rouges. Branle-bas de combat, double dose de soupe et d'entrecôtes. On appela le docteur Grappe qui me fit des piqûres.

— Docteur, est-ce qu'un prisonnier a jamais pu s'enfuir de Sibérie ?

Il rabattit le drap sur mes fesses douloureuses et dit :

— Il n'y a pas de prison dont un homme ne puisse s'évader.

Même avec un loup affamé à ses trousses ? (Mais cela, je ne le dis pas, je le gardai pour moi.)

Oui, Kamo avait reparlé du loup. C'était un vieux mâle gris à l'œil jaune, immense, qui le suivait pas à pas depuis des jours. Il était aussi épuisé que Kamo, et il avait aussi faim que lui. La nuit, lorsque Kamo ne trouvait pas de bois pour faire du feu, ils restaient tous les deux à s'épier, assis face à face. Trop affamé lui-même, le loup n'était pas sûr de sa force. Il attendait que l'homme s'endorme.

– Ce qu'il y a de plus effrayant en toi, le loup, ce ne sont pas tes dents, ce n'est pas ton regard, ce n'est pas ta patience...

Kamo parlait au loup.

– Ce qu'il y a de plus effrayant, c'est ta maigreur.

Le loup était la terreur de Kamo, mais aussi sa compagnie.

– Moi aussi je suis maigre ; tu as raison de te méfier, le loup, il faut avoir peur de l'homme maigre.

Parfois, Kamo allumait un feu. Le loup et lui s'endormaient, alors. C'était à qui se réveillerait le premier. Pour attaquer l'autre dans son sommeil.

– C'est que tu n'es pas le seul à avoir faim, grondait Kamo, et moi aussi j'ai des dents.

Pourtant, ce furent les dents du loup qui le réveillèrent, un matin. Elles étaient plantées dans sa cheville. Le loup tirait par saccades. Kamo avait eu la prudence de s'endormir, les doigts serrés autour de la plus large branche du feu. Le brandon décrivit un arc de cercle et s'abattit sur le museau de la bête. Craquements de bois et d'os. Le loup bondit en arrière dans une odeur de chair et de poils grillés, mais sans un cri.

– Raté, le loup. Tu peux me manger les pieds, mais ni toi ni la Sibérie ne m'empêcherez d'atteindre la ligne de Vladivostok. Nous ne sommes plus qu'à trois jours du train, maintenant, dépêche-toi, si tu veux me bouffer.

Le grand Lanthier ne voulait pas savoir où se trouvait, au juste, la ville de Vladivostok.

– De deux choses l'une : ou Kamo atteint cette ligne de chemin de fer, et il est sauvé, ou il ne l'atteint pas, et il est perdu. Dans les deux cas, je me fous de savoir où se trouve Vladivostok.

Moi, j'avais besoin de savoir. Il me semblait que ça me rapprocherait de Kamo. Comme si je m'apprêtais à l'attendre, là-bas, sur le quai de la gare. Ce soir-là, l'atlas m'apprit que Vladivostok était au fond d'un grand sac, la ville la plus reculée de l'Empire, le terminus du Transsibérien. La ligne de chemin de fer, immense, coupait toute la carte en deux, d'un trait net. Kamo était à trois jours de marche d'un point quelconque de cette ligne...

Ce fut alors que sa mère annonça son retour. Le téléphone sonna et c'était elle. Oui, elle avait quitté son groupe, non, elle n'avait pas disparu, oui, elle s'était arrangée avec les autorités locales...

Pope posait les questions au hasard, et ne disait pas un mot de Kamo. Il faisait à Moune de grands gestes désespérés, mais Moune secouait la tête, incapable de lui venir en aide.

– Non, il n'est pas là, dit Pope, tout à coup, pas pour l'instant, non…

S'ensuivit un silence au cours duquel Pope faisait oui de la tête, comme si la mère de Kamo était en face de lui, oui, oui, les yeux vides, pensant à autre chose.

– Oui, Tatiana, comptez sur moi, je le lui dirai.
Et il raccrocha.

– Elle arrivera vers la fin de la semaine, dit-il, elle voyage dans le Transsibérien.

Puis :

– Elle dit qu'il neige. Quel pays… le printemps ici, et là-bas il neige !

Enfin :

– Je n'ai pas osé lui parler de Kamo. Non, je n'ai pas osé…

Kamo allait très mal. Il s'était mis à neiger, en effet, sur toute la Russie orientale. Une neige si drue que Kamo et le loup ne se voyaient plus. Kamo sentait l'odeur fauve de la bête, sur ses talons. Et la bête l'odeur âcre de l'homme, à portée de bond. Mais la bête n'avait plus la force de bondir, pas plus que l'homme celle de lui échapper. Tous deux s'enfonçaient profondément dans la neige. C'était comme si la Sibérie aspirait leurs dernières forces par en dessous. À chaque pas, ils s'arrachaient au sol... aussi difficile que de déraciner un arbre.

– Je n'avais pas prévu la neige, murmurait Kamo.

Ses lèvres étaient dures et blêmes.

– Tout ce blanc qui tombe...

Je me rappelai soudain ce que le blanc signifiait pour lui !

– Tu as compris, le loup ? C'est la neige qui va nous manger. C'est le ciel qui nous avale.

On ne l'entendait presque plus. Le minuscule filet d'air qui sortait de ses lèvres semblait tracer les mots dans l'espace avec une encre transparente. Aussitôt prononcés, les mots s'évaporaient dans la chaleur étouffante de la chambre.

Brusquement, je me penchai sur l'oreille de Kamo.

– Kamo, ta mère est dans le Transsibérien, quelque part sur la ligne, tout près de toi, elle est là, Kamo !

Mais il ne répondit pas. Il ne parlait plus.

– Cette fois-ci, dit le grand Lanthier, c'est foutu.

Nous marchions dans Paris. Nous n'étions pas pressés de rentrer chez nous. Nous étions seuls. Le grand Lanthier dit encore :

– Il se sera bien battu.

Puis :

– Tu as remarqué ? il n'y a pas de bourgeons aux arbres. Le printemps est en retard, cette année.

À quoi je répondis :

– De toute façon, il n'y a pas d'arbres, dans cette putain de ville.

Dans ma chambre, sur ma table de nuit, la montre de Kamo marquait toujours onze heures.

Les aiguilles marquaient onze heures

Je ne fus pas surpris de trouver le lit de Kamo vide, le lendemain. Je m'étais fait à cette image pendant toute la nuit. Je n'en avais rien dit à Pope et à Moune, mais, les yeux rivés au plafond de ma chambre, je voyais très nettement le lit de Kamo. Vide.

Ni Lanthier ni moi ne voulions rester une seconde de plus dans cet hôpital.

– Foutons le camp d'ici.

Nous marchions très vite dans les couloirs, vers la sortie. Sous nos pieds, le lino bleu pâle avait des reflets de glace. L'air était chaud, pourtant, immobile, saturé de toutes les odeurs d'hôpital : mauvaise cuisine et désinfectants. J'arrivais à peine à suivre le grand Lanthier, tant il marchait vite.

Comme il disparaissait à l'angle d'un couloir, j'entendis un bruit de ferraille, un juron, le choc sourd d'une chute, et une voix furieuse qui glapissait :

– Tu ne peux pas regarder devant toi, non ?

Je courus et me trouvai face à la grande infirmière antillaise de Kamo. Elle poussait une longue civière roulante et Lanthier se tordait de douleur sur le lino, les deux mains serrées autour de son tibia. La forme allongée sur la civière se pencha alors sur le côté, et une voix familière résonna, qui me parut emplir tous les étages de l'hôpital :

– Tu t'es cassé la patte, Lanthier ? Tu veux partager la même chambre que moi ?

Kamo. Kamo ! Réveillé. Rose comme un cul de bébé. Et rigolant comme Kamo. Kamo ! Il m'aperçut à son tour.

– Salut, toi !

L'infirmière tendait une main à Lanthier qui se relevait en grimaçant. Kamo ! La voix de Kamo !

– Je reviens de la radio. Il paraît que ça s'est ressoudé à la vitesse grand V, là-dedans, mais que les derniers jours ont été difficiles.

Il tapait du doigt sa tête complètement rasée.

– Une belle tronche de bagnard, non ? On va croire que je me suis évadé de taule !

Il riait.

Il ne se souvenait de rien. Il ne se rappelait même pas avoir rêvé. Notre histoire de prisonnier, d'évasion et de Sibérie l'amusa beaucoup. Il était faible, encore. Il parlait bas.

— Je vous ai resservi ce que me racontait ma grand-mère pour m'endormir, quand j'étais petit : les exploits de l'autre Kamo, son père à elle, le Robin des bois russe ! J'y avais droit tous les soirs. Un sacré type, ce Kamo ! Il s'évadait vraiment de toutes les prisons où on essayait de l'enfermer. Une chose m'étonne pourtant, il n'a jamais été déporté en Sibérie. Sa dernière prison, c'était le bagne de Kharkov, en Ukraine. C'est la Révolution qui l'a tiré de là, en 1917.

— Mais, la lime, Kamo, la lime cassée ? demanda Lanthier.

Kamo eut un rire de convalescent, heureux et fatigué.

— Les limes ne sont pas faites pour aller au four, Lanthier, elle devait avoir un défaut, elle a pété à la cuisson !

— Et le loup ? Et la Sibérie ?

Cette fois-ci, c'était moi qui interrogeais. Kamo réfléchit un long moment.

— J'ai dû mélanger plusieurs choses, dit-il enfin. Dostoïevski, d'abord, *Souvenirs de la maison des morts*, ça raconte la Sibérie... terrible ! Et une nouvelle de Jack London, aussi, *L'Amour de la vie* : c'est un type qui a perdu son traîneau et ses chiens, en Alaska, il essaie de rejoindre la mer, à pied, dans la neige, et il est suivi par un vieux loup, aussi mal en point que lui. Une très belle histoire, elle m'avait beaucoup marqué.

Il se reposait de longs moments, quand il avait trop parlé. Les forces lui revenaient à vue d'œil : un ballon qu'on regonfle.

– Une drôle de chose, la mémoire, tout de même, murmura-t-il, c'est comme un shaker : tu la secoues et tout se mélange.

– Qui est-ce, Djavaïr ? demanda Lanthier.

– C'était la sœur de mon arrière-grand-père, elle a participé à plusieurs de ses évasions. Avec d'autres copains : Vano, Annette, Koté, Braguine...

Un temps. Puis, dans un sourire :

– Te voilà devenu ma frangine, Lanthier.

Lanthier sourit, puis se tortilla sur place. Il y avait une question, visiblement, qu'il n'osait pas poser.

– Qu'est-ce qu'il y a ? demanda Kamo.

Le grand Lanthier se jeta à l'eau :

– Franchement, Kamo, ce loup qui te suivait, comment tu as fait pour lui échapper ? Ne me dis pas que tu as oublié.

Le sourire de Kamo dévoila une rangée de dents luisantes.

– Va savoir, répondit-il doucement, je l'ai peut-être bouffé, en fin de compte.

Lorsque, quelques jours plus tard, la mère de Kamo pénétra dans la chambre de son fils, elle déclara, d'un ton brusque :

– Alors, il suffit que j'aie le dos tourné pour que tu tombes sur la tête ?

– Et toi, répondit Kamo, il suffit que je ne te surveille plus pour que tu fasses l'école buissonnière ?

Ils étaient comme ça, ces deux-là. Ils ne se faisaient jamais partager leurs chagrins. Ils gardaient leurs inquiétudes pour eux. Ils se bagarraient, seuls contre leurs peurs. Ils s'aimaient vraiment.

– Ce n'est pas en suivant ce voyage organisé que j'aurais pu découvrir quoi que ce soit sur ton arrière-grand-père, répondit-elle.

Les yeux de Kamo s'allumèrent.

– Alors ?

Il s'était redressé sur ses coudes. Il regardait sa mère comme un affamé.

– Alors ? Tu as découvert comment il est mort, ce mangeur de Cosaques ?

Elle fit oui, longuement, de la tête, en caressant le crâne nu de son fils.

– Raconte.

Elle raconta.

C'était en juillet 1922. La Révolution était finie depuis cinq ans. Et la guerre civile aussi. Mélissi la Grecque, Mélissi l'Abeille, n'avait pas oublié son Kamo. Il lui avait préféré la Révolution, oui, il avait fait la guerre aux Cosaques, oui, mais maintenant, il était libre. Elle rechercha sa trace dans l'immense pays bouleversé. Elle la trouva. Le nouveau gouvernement avait nommé Kamo chef des douanes de Transcaucasie. Il vivait à Tiflis. Elle monta dans le train. Il reçut un télégramme : « C'est moi, j'arrive. » Le soir de son arrivée, il sauta sur un vélo. Il pédalait comme un fou vers la gare. Il hurlait son nom dans la nuit : « Mélissi ! » Il y eut une auto noire. L'auto roulait sur sa gauche, tous feux éteints. Lui ne tenait pas exactement sa droite. La voiture roulait vite.

La mère de Kamo s'interrompit un instant. Elle ouvrit son sac, en sortit un objet qu'elle tendit à son fils.

– Tiens, c'est pour toi, les autorités me l'ont donnée. La seule chose, dans ce monde, à laquelle il tenait vraiment… un cadeau de Mélissi.

Kamo recueillit le souvenir au creux de sa main. C'était une montre comme on en faisait dans l'ancien temps, avec un boîtier à ressort et une chaînette en or. Kamo appuya sur un bouton crénelé, le couvercle de la montre s'ouvrit. Le verre était brisé. Les aiguilles, immobiles, marquaient onze heures.

Table

Kamo, l'idée du siècle, 9
Kamo et moi, 75
Kamo, l'agence Babel, 149
L'évasion de Kamo, 219

L'auteur, Daniel Pennac

Daniel Pennac naît en 1944 à Casablanca, au Maroc. Il est le quatrième et dernier d'une tribu de garçons. La famille suit le père, militaire, dans ses déplacements à l'étranger – Afrique, Asie, Europe – et en France.

Quand il évoque son père, Daniel Pennac l'assimile à la lecture : « Pour moi, le plaisir de la lecture est lié au rideau de fumée dont mon père s'entourait pour lire ses livres. Et il n'attendait qu'une chose, c'est qu'on vienne autour de lui, qu'on s'installe et qu'on lise avec lui, et c'est ce que nous faisions. » Daniel Pennac passe une partie de sa scolarité en internat, ne rentrant chez lui qu'en fin de trimestre. De ses années d'école, il raconte : « Moi, j'étais un mauvais élève, persuadé que je n'aurais jamais le bac. » Toutefois, grâce à ses années d'internat, il prend goût à la lecture, devenant même professeur de lettres. De son métier d'enseignant exercé pendant vingt-cinq ans, il a gardé, entre autres souvenirs privilégiés, ceux des moments où il lisait à ses élèves ses romans préférés. Très tôt, il se lance à son tour dans l'écriture. Débute en 1985 une saga policière mettant en scène la cocasse tribu des Malaussène : *Au bonheur des ogres*, *La fée Carabine*, *La petite marchande de prose* et *Monsieur Malaussène* rencontrent un formidable accueil.

Son goût du partage, son amour des mots et des histoires se retrouvent dans *Comme un roman*, un essai qu'il consacre à la lecture, devenu aujourd'hui un classique international. Qui ne connaît en effet ses *10 droits du lecteur*, illustrés avec tant de grâce et de fantaisie par Quentin Blake, son complice ? D'autres succès suivront, parmi lesquels *Chagrin d'école* ou *Journal d'un corps*, en 2012.

S'il écrit aussi pour les adultes, Daniel Pennac n'a jamais perdu de vue les enfants. C'est pour eux qu'il invente, dès 1992, le personnage de Kamo : un écolier qui leur ressemble et dont les aventures, publiées en quatre volumes, sont aujourd'hui étudiées dans toutes les écoles de France ! Il est aussi l'auteur de *L'œil du Loup*, et de nombreux albums pour les petits chez Gallimard jeunesse.

S'il n'enseigne plus aujourd'hui, Daniel Pennac n'a pas renoncé à sa vocation de passeur. Il partage désormais son temps entre l'écriture et les lectures qu'il donne sur scène à un public tout aussi captivé que l'étaient ses anciens élèves.